사랑의 중심에서 나를 찾다

사랑의 중심에서 나를 찾다

박진생 지음

사랑을 만들어가는 공식

사랑에 실패해 상처를 입고 병원에 찾아오는 젊은이들이 있다. 나도 사랑이란 이름의 혹독한 시련을 겪었기에 그들이 털어놓는 아픔이 예사롭게 들리지 않는다. 그래서 되도록 그들에게 사랑의 아픔을 극복하는 법, 소중한 인연을 찾는 법을 가르쳐주려고 애를 쓴다.

하지만 이런 '사랑의 훈련'은 대개 헛수고로 끝나는 경우가 많다. 실전에 나선 선수들이 코치의 말에 채 귀도 기울이기 전에 '적(연인)과의 내통'을 서슴없이 자행하기 때문이다. 그러고는 사랑에 눈이 멀어 코치가 이것만은 절대 이야기해서는 안 된다고 거듭 다짐한 고급 정보마저 남김없이 털어놓고 만다. 이럴 때마다 비애를 느낀 적이 한두 번이 아니었다.

고심 끝에 난 얼마 전부터 불문율을 하나 만들어보기로 했다. 상담을 받는 동안만이라도 '결코 새로운 연애를 시작하지 말라'는 것이었다. 하지만 이 또한 참을성 없고 성급한 선수들의 집단 반발로 곧 무너질 위기에 놓여 있다.

나의 선수들이 실전에 나가 번번이 실패하는 가장 큰 이유는 역시 성급함이다. 뭐가 그렇게 급한지 요즘은 사랑을 '순식간에' 해내려는 젊은이들이 늘고 있다. 처음에는 마치 사랑을 위해 태어난 사람인 양 서로 죽고 못산다고 아우성을 치다가 막판에는 사랑의 상처로 죽겠다며 엄살을 피워댄다.

게다가 성급함만이 사랑을 망치는 요인은 아니다. 지나친 조건도 때로는 사랑을 망친다. 보이지 않는 진실한 사랑보다는 겉으로 드러나는 조건을 중요하게 여기는 사람들이 많다. 키는 얼마나 큰지, 얼굴은 어떻게 생겼는지부터 학벌과 집안, 경제력까지, 채우고자 하는 조건은 끝도 없다. 결코 손해 보는 사랑은 하지 않으려 드는 것이다. 하지만 완벽하게만 보이는 그 조건들도 영원한 사랑을 보장해 주지는 못한다. 조건이 사라지면, 사랑도 함께 사라지는 것이다. 나는 사랑을 시작하려는 젊은이들이 몇몇 눈에 띄는 조건보다는 그 뒤에 숨은 소중한 것들을 보는 지혜를 키웠으면 한다.

그동안 '사랑의 상처'로 고통을 겪는 여러 커플들을 상담하고 치료하면서 나는 그들과 함께 이야기하고 아파했다. 때로는 온밤을 지새우며 그들의 마음속 이야기에 귀를 기울였다. 그 이야기들은 실제의 인물들과는 상관없이 이 책 속에 재구성돼 녹아들어가 있다. 일일이 이야기할 수 없을 만큼 힘든 과정이었지만, 그렇게 20여 년을 보내고 나니 이제는 어느 정도 자신 있게 '사랑의 방정식'을 푸는 공식을 말할 수 있게 된 것 같다.

이 책에서는 그 공식을 함께 이야기해 보고자 한다. 사랑 때문에 소중한 오늘을 아프게 보내는 많은 이들이 좋은 상대를 만나게 되기를, 그리고 행복한 미래를 그려나가게 되기를 진심으로 바라며 이야기를 시작하고자 한다.

차례

Part 3 나를 버리고 사랑하진 마라

Part 4 나의 반쪽을 찾아라

Part 1

사랑에 성공한 이유,
또는 실패한 이유

내 안에 숨어 있는
'마음을 지배하는 감정'

사람들은 누구나 성공하길 바란다. 베스트셀러 중에 성공 비결을 다룬 책들이 많은 것도 다 그런 까닭이다. 그리고 이 많은 책들이 입을 모아 한결같이 이야기하는 성공의 조건이 있다. 바로 '더불어 살아가는 능력'이다. 물고기가 물을 떠나 살 수 없듯, 사람도 다른 사람들을 떠나서는 살 수 없기 때문이다.

그 가운데에서 모든 관계의 기본은 역시 남자와 여자다. 이렇게 모든 인간관계의 기본이 되는 남녀 사이에 날마다 싸움만 거듭한다면, 거기서 파생되는 나머지 관계들도 엉망이 되는 것은 어찌 보면 당연한 일이 아닐까. 따라서 마음이 잘 맞는 상대를 만난다는 것은 내 모든 인간관계를 성공적으로 이끌어나가는

데 가장 중요한 전제조건이라고 해도 지나치지 않다.

하지만 서로 마음이 잘 맞는 상대를 만나는 일은 생각처럼 쉽지 않다. '제 눈의 안경'이라는 말도 있듯이, 스스로 갖고 있는 심리적 강점이나 약점이 어느새 상대를 고르는 데 알게 모르게 영향을 미치기 때문이다.

우리 병원에서 일했던 직원 두 사람을 예로 들어보겠다. M양은 서울 출신에다 대학도 무난히 졸업했다. 무엇보다 아주 뛰어난 외모를 지니고 있었다. 이에 비해 J양은 이름도 낯선 섬에서 태어나 여상을 겨우 졸업하고 서울로 올라왔다. 집안형편도 어려웠고 인물도 크게 내세울 데가 없었다.

그런데 이상했다. M양은 누가 봐도 J양보다 나은 대우와 관심을 받고 있는데도, 늘 자신이 소외되어 있다고 불평만 늘어놓기 일쑤였다. 반면 J양은 자신에게 주어지는 상황이나 대우에 전혀 불만이 없어 보였다. 그래서 그런지 나는 어느새 M양보다 J양을 편하게 느끼고 있었다.

그러다 J양이 먼저 결혼 소식을 전했다. 신랑은 대학원을 졸업하고 좋은 직장에 근무하는, 이른바 '좋은 조건'의 청년이었다. J양과 어릴 적부터 친하게 지낸 친구의 오빠라고 했다. 신랑은 J양의 편안한 성격에 끌려 결혼까지 하게 되었다고 했다.

하지만 J양보다 얼굴도 예쁘고 학벌도 좋은 M양은 아직도 결혼을 못했다. 무엇보다 배우자를 고르는 M양의 기준이 너무 높았고 때 아닌 짝사랑에 몰두해 있었다. M양이 짝사랑하는 상대는 나도 어렴풋이 알고 있었는데, 아무래도 이루어지기는 힘들어 보였다. 그런데도 M양은 제법 괜찮은 선이나 소개팅조차 마다하며 그 사람에게만 매달렸다.

이 두 여성의 차이는 어디에서 오는 것일까? 그 차이는 두 사람이 자라며 경험했던 주요 인물들, 특히 부모와 형제자매와 어떤 식으로 관계를 맺어왔는지에서 찾을 수 있다. 어린 시절, 특히 만 6세까지 경험하는 인간관계는 평생에 걸쳐 다른 사람을 재는 기본 잣대가 되기 때문이다.

우리는 주변에서 또다른 M양을 쉽게 찾아볼 수 있다. 예를 들어 누가 봐도 똑똑하고 괜찮은 외모를 지녔는데도 평소에 자신감이 부족하고 남자 앞에만 가면 왠지 움츠러드는 여성들이 있다. 데이트를 신청하는 남자들은 많지만 어쩐지 남자들 앞에만 가면 불편해서 자꾸 상황을 피하는 것이다.

이는 비단 여성의 경우에만 해당되는 것이 아니다. 나와 상담했던 한 남성의 경우는 용모도 단정하고 일류 대학을 나와 대기업에서 일하는, 이른바 '엘리트'였다. 그런데 여자 앞에만 가면 주눅이 들어 말도 제대로 못하고 쭈뼛거리는 것이 문제였다. 특히 상대방이 마음에 들수록 증상이 더 심했다. 심지어 마음에 드는 여자와 어찌어찌해 깊이 사귀게 되고 잠자리까지 함께할 기회가 생겼는데도, 도저히 성관계를 할 수 없었다고 했다.

도대체 무엇이 문제였을까? 그가 안고 있던 문제의 씨앗도 결국은 어린 시절에서 찾아볼 수 있었다. 어릴 적 그는 형에게 많이 맞으며 자랐다. 직장에 다녀 바빴던 엄마는 형에게 억울하게 맞았다고 말할 때마다 "네가 형 말을 안 들으니까 그렇지!"라며 꾸짖었다. 형한테 대든 적도 몇 번 있었지만 그럴 때마다 더 심하게 맞을 뿐이었다.

그래서 그는 결국 형 비위를 맞추며 시키는 대로 움직이기 시작했다. 그러면서 속으로는 그런 자신의 모습을 견디기 힘들었다. 그런 일들이 되풀이되는 동안, 그의 머릿속에는 '나는 바보 같은 놈이다. 엄마한테 사랑받지 못한 놈이다'라는 생각이 하나의 잠재의식으로 깊이 자리 잡게 되었다. 이런 의식이 자라면서 더욱 발전해 자신은 아름다운 여자에게 어울리지 않는다고 여기게 된 것이다.

이와 같이 열등감이나 패배의식이 마음속에 자리하면 평생 영향을 미친다. 이런 감정은 개인에게 일종의 '한(恨)'과 같은 의미를 지니는데, 이를 앞으로 우리는 '마음을 지배하는 감정'이라고 부르기로 하자. 전문 용어로는 '핵심감정(nuclear feeling)'이라고 한다.

어릴 적 돈 때문에 온갖 고생을 다 해본 사람에게는 세상 무엇보다 돈이 먼저다. 돈이 없어서 굶어죽을 뻔했던 사람에게는 당연히 돈이 생명을 뜻하게 된다. 다시 말해, 돈에 대해 느끼는 감정이 곧 그의 '마음을 지배하는 감정'이 되는 것이다.

이런 사람은 상대방이 아무리 좋은 점을 많이 지녔더라도 가난하면 아예 선택에서 제외해 버릴 확률이 높다. 거꾸로 상대가

아무리 결점투성이라고 해도 돈이 많다면 무조건 좋은 상대로 여길 위험도 있다.

마찬가지로 어릴 적 공부를 못해서 자주 무시당한 사람은 공부에 집착한다. 형제들이 다 자기보다 공부를 잘해 훨씬 좋은 학교에 다니고 있다면, 이는 평생을 따라다니면서 뿌리 깊은 열등감이나 지나친 경쟁의식을 불러일으키기도 한다. 지나친 열등감이나 경쟁의식이 그의 '마음을 지배하는 감정'이 되는 것이다.

이렇듯 '마음을 지배하는 감정'은 무척 단순하면서도 다양한 형태로 드러나게 마련이다. 따라서 이러한 감정을 잘 이해하는 것이야말로 한 사람의 정신세계를 성장시키는 데 가장 중요한 요소가 되기도 한다.

한편 '마음을 지배하는 감정'에 무엇보다 가장 큰 영향을 미치는 것은 바로 부모와의 관계다. 예를 들어 심한 주사와 잦은 외도 등으로 엄마를 힘들게 하는 아빠를 보고 자란 여성의 무의식 속에는 '아빠 같은 남자는 절대 안 된다'라는 생각이 자리 잡는다. 이러한 생각은 싹을 틔워 '술 마시는 남자는 다 나쁘다'라거나 '바람만 안 피우면 다른 결점은 다 눈감아줄 수 있다'라는 성급한 판단을 불러오기도 한다.

한 사람이 어릴 적 받은 감정의 상처는 평생에 걸쳐 영향을 미친다. 모순되게도 이 상처를 피하려고 하면 할수록 더 큰 영향을 받는 경우가 많다. 중요한 손님 앞에서 찻잔을 쏟지 않으려고 조심히 나르다가 되레 둘러엎을 때가 있는 것처럼 말이다.

'마음을 지배하는 감정'이 안고 있는 문제점은 사귀는 사람을
선택할 때 눈을 가리는 맹점으로 작용할 수 있다. 따라서 평생
을 함께할 좋은 상대를 고르기 위해서는 무엇보다 자신은 물론
이고 상대방의 마음속 뿌리 깊은 감정을 제대로 파악하는 일이
중요하다.

사랑하기 전에
알아야 할 것들

그렇다면 내가 지금 사랑하는 사람이나 앞으로 만나게 될 사람의 '마음을 지배하는 감정'을 어떻게 파악할 수 있을까? 본인과 상대방의 마음을 들여다보기 위해서는 먼저 다음과 같은 기본적인 자세가 바탕이 되어야 한다.

귀 기울이기 → 신뢰 맺기 → 공감하기 → 받아들이고 이해하기

1단계 귀 기울이기

먼저 상대방의 이야기를 잘 듣는다. 사람들은 흔히 말을 많이 하고 잘하는 사람을 좋아한다고 생각하지만, 사실 자신의 이야

기에 귀 기울이는 사람에게 더 호감을 느낀다는 보고가 있다.

정신과 의사들도 '말로 먹고산다'는 이야기를 자주 듣게 되는데, '귀로 먹고산다'는 표현이 더 정확할 것이다. 그만큼 상대의 이야기를 잘 듣는 것이 더 중요하다는 뜻이다.

상대방과 대화를 할 때는 반드시 이 말을 기억해야 할 것이다. '적어도 당신이 말하고 있는 동안에 당신은 상대방의 이야기를 들을 수 없다.'

2단계 신뢰 맺기

상대로 하여금 무슨 이야기든 편히 털어놓을 수 있도록 믿음을 심어준다. 이러한 신뢰 맺기는 모든 인간관계에서 가장 기본이 되는 능력이며 가장 중요한 것 가운데 하나이다. 작은 물건 하나 살 때조차 가게 점원이 믿을 만한 사람인지 아닌지 살피는 우리가 아니던가. 평생 함께 미래를 가꾸어 나갈 배우자를 만나는 데 '신뢰 맺기'가 얼마나 중요한지는 아무리 강조해도 지나치지 않다.

3단계 공감하기

앞서 이야기한 '신뢰 맺기'와 '공감하기'는 바늘과 실처럼 떼려야 뗄 수 없는 관계라고 할 수 있다. 다시 말해, 신뢰를 잘 맺기 위해서는 공감을 잘해야 하고, 공감을 잘하면 믿음은 저절로 따라온다.

상대에게 공감을 잘하기 위해서는 먼저 상대방에게 갖고 있는 좋지 않은 편견을 모두 버리는 것이 필요하다. 예를 들어 소개팅을 나갔는데 키가 작은 남자가 나왔다고 치자. 이럴 때 여성들은 대개 상대가 마음에 들지 않을 것이다.

하지만 진심으로 상대의 마음을 헤아리고 공감하고자 하는 사람이라면 '이 사람, 그동안 키가 작아서 얼마나 설움을 받고 힘들었을까?'라는 생각과 함께 그 사람 입장을 이해하려고 애쓸 것이다. 이런 태도와 입장의 차이는 상대방에게 금세 전해지게 마련이다.

상대가 고통스럽거나 창피한 이야기를 털어놓을 때도 마찬가지다. 가능하면 상대의 입장에서 그 감정에 공감하고자 할 때 상대방도 안심하고 마음의 문을 활짝 열게 된다.

4단계 받아들이고 이해하기

상대방의 이야기를 듣다 보면 자신도 모르게 가치판단을 내릴 때가 있다. 하지만 상대의 이야기에 좋다, 나쁘다를 판단하려 들지 말고 그저 이해하려는 태도를 갖자. 그렇지 않다면, 상대방은 자신이 부끄럽게 여기거나 잘못했다고 생각하는 이야기를 터놓고 말할 수 없게 된다.

예를 들어 남자친구가 군대에 있을 때 동료들과 어울려서 사창가에 간 이야기를 한다고 치자. 도덕적인 판단이 앞서게 된다면 '아무리 군대시절이라고 하지만, 어떻게 불결하게 매춘 여성

에게 갈 수가 있나?'라고 생각할 것이고 저절로 화가 치밀어오를 것이다.

이렇게 화난 감정은 파트너에게 티를 내지 않으려고 해도 저절로 전달된다. 이렇게 되면 남자친구는 앞으로는 그 주제와 관련된 이야기를 피하게 될 것이다.

그런데 나중에 알고 보니, 남자친구는 파트너의 반응을 보고 과거에 자신이 동거한 적이 있었다는 이야기를 하면서 용서를 구하려고 꺼낸 얘기였다. 결국 여자친구가 지나치게 민감하게 반응하는 바람에 상대방에 대해서 좀더 깊이 파악할 수 있는 기회를 놓친 셈이다.

다음은 마음을 지배하는 감정에 영향을 미치는 기본적인 사항이다. 당신은 상대에 대해 얼마나 알고 있는가? 상대와의 자연스러운 대화를 통해 아래의 사항들을 알아보자.

1. 어린 시절, 특히 태어나 6세 무렵까지 부모에게 사랑받고 자랐는가?
2. 이 시기에 누구에게 가장 큰 영향을 받았는가?

3. 아버지나 어머니를 미워하는가? 그렇다면 이유는 무엇인가?

부모님 사이는 어땠는가?

4. 다른 형제나 자매가 태어나면서 사랑을 빼앗겼다고 생각하
   지는 않는가? ______________________________

   다른 형제나 자매에 대해 어떻게 생각하는가?

   ____

5. 어린 시절을 떠올릴 때 가장 먼저 기억나는 것은 무엇인가?

   ____

6. 가장 뚜렷하게 기억나는 꿈이나 되풀이되는 꿈이 있는가?
   있다면 무엇인가? ______________________________

   ____

   ____

7. 예전에 내가 알던 주요 인물 중에서 지금 사귀고 있는 사람
   과 닮은 사람이 있는가? ______________________________

   있다면 누구인가? ______________________________

이런 질문을 통해 아래와 같은 여러 사항이 저절로 드러나게 된다면, 이는 '마음을 지배하는 감정'을 파악하는 데 더할 나위 없이 도움이 될 것이다. 그리고 이런 특정 감정이 성인이 되어서도 마음의 상처로 고스란히 남아 있다면 문제가 될 가능성이 높아진다.

다음은 전형적인 문제 유형이다. 상대방이 다음의 다섯 가지 유형에 들어가는지 체크해 보자.

1. 0세에서 6세 사이에 사랑을 잃거나 박탈당한 경험이 있는
   사람인가?　　　　　　　　　　　　　□ Yes □ No

2. 과잉보호 속에 자랐거나, 또는 심하게 타인에게 지배받거
   나 억압받으면서 자라지는 않았는가? 또는 두 가지의 경험
   이 다 있는 사람인가?　　　　　　　　□ Yes □ No

3. 사랑을 독차지하던 외동, 즉 작은 '왕자'나 '공주'였다가
   나중에 동생이 생기면서 이러한 위치에서 밀려난 경험이
   있는 사람인가?　　　　　　　　　　　□ Yes □ No

4. 형제자매에 대한 경쟁의식이나 피해의식이 지나치게 많은
   사람인가?　　　　　　　　　　　　　□ Yes □ No

5. 성적인 유혹이나 상처를 받았거나, 또는 지나치게 성적으
   로 억압되었던 적이 있는 사람인가?　□ Yes □ No

여러 가지 질문들로 상대의 마음 상태를 파악해 봤다면 스스
로에게도 같은 질문을 던져보자. 남자와 여자의 상태에 따라
'사랑지수'로 도식화해 볼 수 있다.

'사랑지수'로 알아본
파트너 선택의 유형들

'사랑지수'는 눈에 보이지는 않지만, 두 사람의 애정을 유지시키는 힘이다. 대개 어린 시절, 특히 6~7세 이전까지 가까운 사람한테 사랑을 충분히 받아서 자기 자신에 대한 사랑과 존중감이 충만한 경우 높은 지수를 나타낸다. 즉, 자신에 대한 사랑을 바탕으로 상대를 사랑할 수 있는 능력을 말한다.

사랑의 위기가 닥쳤을 때에 강력한 힘을 발휘하는 것은 겉으로 드러나지 않지만, 우리 마음의 심층에 자리잡은 이러한 긍정적인 감정인 경우가 많다. 이러한 능력을 지수화한 이유는 두 사람이 가지고 있는 사랑의 능력이나 사랑의 결핍감(상처)이 다음과 같이 상호작용을 하기 때문이다.

사랑 지수	=	두 사람이 사랑할 수 있는 힘의 합	−	두 사람이 가지고 있는 사랑의 결핍감(상처)의 합

다음의 세 가지 대표적인 유형을 통해 사랑지수의 다양한 종류를 살펴보자.

유형 1_ 가장 힘들고 위험한 선택: 사랑지수 0

	남성	여성
사랑의 결핍감(상처)	+ + +	+ + +
사랑할 수 있는 힘	− − −	− − −

남녀 모두 사랑을 충분히 받지 못해 결핍감을 지니고 있는 상태다. 이런 커플은 연애를 시작할 때 두 번 다시 이런 사랑은 없을 것처럼 격렬하게 몰두하지만, 나중에는 서로가 사랑을 받으려고만 들지 사랑을 줄 능력은 없어서 파탄에 이르기 쉽다.

유형 2_ 절반의 선택: 사랑지수 50

	남성	여성
사랑의 결핍감(상처)	− − −	+ + +
사랑할 수 있는 힘	+ + +	− − −
사랑의 결핍감(상처)	+ + +	− − −
사랑할 수 있는 힘	− − −	+ + +

한쪽이 안고 있는 사랑의 결핍감이 무척 크기 때문에, 여간해서는 한쪽이 다른 한쪽의 외로움이나 공허감을 채워주기 어

렵다. 하지만 상대가 지닌 사랑의 능력이 한쪽의 공백을 어느 정도만 채워준다면 갈등은 있어도 파탄에 이르지는 않을 것이다. 마찬가지로 한쪽이 지닌 사랑의 능력이 그 공백을 다 채우고도 남을 만큼 클 경우에는 눈에 띄게 관계가 개선된다.

유형 3_ 성공적인 선택: 사랑지수 100

	남성	여성
사랑의 결핍감(상처)	– – –	– – –
사랑할 수 있는 힘	+ + +	+ + +

　　서로 사랑을 주고받을 수 있는 능력이 충분하기 때문에 위기에 강할뿐더러 안정되고 성숙한 관계가 된다. 이론적으로 가장 좋은 선택의 유형이다.

사랑지수가 높을수록 결속력이 높고 안정적인 관계를 유지할 수 있다. 따라서 여기에 언급한 세 가지 예 말고도 0에서 100까지 다양한 유형의 결합 관계가 존재할 수 있다.

　　'사랑지수'는 마음속에 있는 문제이기 때문에 수치로 정확하게 표현할 수 없다. 다만 노력해도 관계가 쉽게 개선되지 않는 커플일 경우는 본인의 유형을 알 수 있다면 문제의 원인을 좀더 잘 파악할 수 있을 것이다.

왕자와 공주는
영원히 행복했을까?

한 사람의 '마음을 지배하는 감정'이 형성되는 데는 어린 시절 부모한테 받은 영향이나 맺어온 관계가 결정적인 영향을 미치고, 이런 감정이 일단 마음속에 하나의 틀로 자리 잡게 되면 이는 평생 그 사람의 중요한 선택에 영향을 미치게 된다는 것을 살펴봤다.

이는 누구도 예외일 수 없다. 아무리 높은 지위에 있거나 부유한 환경에 있어도 마찬가지란 뜻이다. '사랑지수'를 가장 잘 대변하는 이야기가 있다. 우리가 잘 아는 다이애나 비를 중심으로 영국 황실의 예를 보자.

다이애나 비가 세상을 떠난 지 어느덧 10년의 시간이 흘렀다.

명문가 출신에 빼어난 미모로 영국뿐 아니라 전 세계의 관심을 한 몸에 모으며 왕세자비가 된 그녀는 모두에게 사랑받았다.

하지만 정작 그녀가 죽은 뒤에도 여전히 사람들 입에 오르내리는 까닭은 어쩌면 다른 데 있다. 바로 그녀의 '사랑'이다. 다이애나 비는 찰스 왕세자가 아닌 몇몇 남자들과 염문을 뿌린 것으로 더욱 유명해졌고 죽는 순간까지 세상은 그녀의 사랑에 대해 알려고 애를 썼다.

여기서 다이애나의 어린 시절, 그중에서도 먼저 부모와의 관계를 살펴보자. 다이애나의 어머니 프랜시스는 젊은 시절에는 영국 사교계의 꽃이라고 불릴 만큼 아름다웠다. 프랜시스는 스펜서 백작과 결혼하고 슬하에 1남 3녀를 두었지만 평범한 주부로서 살아가는 삶에 전혀 만족하지 못했다. 스펜서 백작이 술고래인 데다 자상하지 않았던 탓도 있을 것이다. 결국 몇 년에 걸친 불화 끝에 프랜시스의 마음은 남편인 스펜서 백작을 떠나 다른 남자를 향하게 되었다.

그러던 어느 겨울날, 프랜시스는 당시 여섯 살이었던 다이애나에게 '잠시 여행을 다녀오겠다'는 말만 남긴 채 집을 나가 다시는 돌아오지 않았다. 다이애나에게는 그것이 엄마에 대한 마지막 기억이 된 셈이다. 엄마의 관심과 사랑이 가장 필요한 나이에 갑작스레 엄마를 잃게 된 다이애나는 그 뒤로 어머니를 철저히 미워하고 증오하게 된다.

반면 아버지인 스펜서 백작은 어머니를 잃은 다이애나를 무척 안쓰럽게 여겨 극진한 관심과 사랑을 보였다고 한다. 다이애나와 스펜서 백작은 서로에게 기댈 수 있는 버팀목으로서 좋은 관계를 유지해 왔다.

그렇다면 이런 다이애나와 결혼한 찰스 왕세자의 어린 시절은 어땠을까? 실제로 찰스 왕세자는 그의 자서전적인 전기 『웨일즈의 왕자(*Prince of Wales*)』에서 "어린 시절 아버지는 눈물이 쏙 빠지도록 나를 혼내고 무시했다. 어머니는 늘 내게 무관심했다"고 말하고 있다. 또 왕실 생활에 대해서는 "종종 나는 새장에 갇혀 고통받는 새처럼 느껴진다. 왔다 갔다 하면서 자유를 갈망하는 새. 아! 이 얼마나 끔찍한 부조화인가!"라고 밝히기도 했다.

모든 정황을 고려했을 때, 찰스 왕세자는 외롭고 고독한 사람이었다. 그는 다이애나 비보다 열두 살이나 연상이었지만, 마음속에는 어머니의 사랑을 그리워하는 아이 같은 마음이 자리 잡고 있었던 것이다. 하지만 다이애나는 아버지인 스펜서 백작이 그랬듯이 나이 많은 찰스 황태자가 자신에게만 사랑과 관심을 쏟아줄 것을 기대했다. 찰스 황태자에게는 처음부터 그렇게 할 수 있는 힘이 결핍되어 있었는데도 말이다.

엄격하고 냉정한 부모 밑에서 자란 찰스 황태자의 '마음을 지배하는 감정'은 따뜻하고 친밀한 인간관계, 특히 모성을 그리워하는 데 있었다. 더구나 격식을 차리기 바쁜 왕실에서 자라 진실한 감정을 표현하는 데 서툴렀기에 다이애나의 마음을 사로

잡기에는 역부족이었다. 이러다 보니 자연스레 그의 마음을 지배하는 감정은 찰스로 하여금 카멜라라는 연상의 여인을 택하게 했다.

다시 다이애나 비의 '마음을 지배하는 감정'으로 돌아가보자. 그녀의 마음에는 어머니에 대한 강력한 미움이 깔려 있다고 볼 수 있다. 어머니의 사랑이 결핍된 만큼, 자상한 아버지의 사랑을 그리워했지만 아버지의 지극한 사랑만으로 다 채워질 수 없을 만큼 그 빈자리는 컸다. 특히 이런 결핍감은 나중에 아버지인 스펜서 백작이 재혼하면서 더 심해졌던 것 같다.

찰스 왕세자는 어머니의 사랑에 굶주려 있었고 다이애나 비는 아버지의 사랑에 목말라 있었다. 결국 문제의 핵심은 찰스는 다이애나에게 어머니와 같은 사랑을 받고 싶어했지만 그러기에 다이애나는 너무 어렸다는 것, 그리고 다이애나는 찰스에게 아버지와 같은 사랑을 갈구했으나 그러기에 찰스는 너무나 고독하고 외로운 사람이었다는 데 있다.

두 사람 다 몸은 어른이었지만 마음만은 아직 사랑받기만을 바라는 아이와도 같았기에, 상대방의 마음속 빈자리를 채워줄 수 없었다. 그리고 상대방한테는 자신에게 부족한 부분을 채울 수 없다는 걸 깨닫고 바깥으로 눈을 돌렸기에 둘 사이의 골은 더욱 깊어졌을 것이다. 찰스 왕세자가 한 살 연상의 카멜라와 재혼하고 난 뒤 안정된 모습을 보이는 것도 바로 그런 이유로 해석할 수 있다.

굳이 먼 나라 이야기가 아니더라도 우리는 주위에서 또다른 찰스와 다이애나를 자주 볼 수 있다. 흔히 물질적인 풍족이 행복한 결혼생활을 만들어줄 거라고 기대하지만, 정작 부부 사이의 행복은 서로에게 부족한 것을 채워주는 사랑의 나눔에 달려 있다는 것은 영원한 진리다.

사람들은 누구나 사랑을 받으려고만 하지 주는 데는 서툴 때가 많다. 하지만 사랑은 핑퐁 게임과도 같아서 어느 한 쪽이 일방적으로 주거나 받기만 해서는 관계가 지속되기 어렵다. 서로 공을 잘 주고받을 때 좋은 경기가 되듯이, 사랑도 서로 잘 주고받을 때 이상적인 관계가 성립되는 것이다.

실패한 사랑 뒤에는
성공한 사랑이 찾아온다

이번에는 어느 성공한 여자 변호사의 자서전을 통해 '마음을 지배하는 감정'이 배우자를 고를 때 어떤 영향을 미치는지 알아 보자.

변호사로 널리 이름을 알린 그녀는 특이한 경력의 소유자이다. 스물여섯에 사법고시를 합격한 뒤로, 판사를 거쳐 변호사가 되었다. 뿐만 아니라 국회의원을 지내기도 했고 장관직을 맡아 일하기도 했으며, 시장 선거에 출마하기도 했다.

내가 여기서 이야기를 하려는 것은 누구나 다 아는 그녀의 화려한 경력이 아니다. 그보다 완벽하게 실패로 끝난 첫 번째 결혼을 딛고 제대로 된 두 번째 선택을 해낸 그녀 이야기를 하고 싶은 것이다. 또한 이혼 경험이 있는 사람들이 대개 이혼 사실을 숨기려고 하는 데 반해, 떳떳하게 고백한 그녀의 용기를 높이 사기 때문이다. 자신의 장점만을 드러내려고 하는 사람들 사이에서 그녀는 자신의 실수까지 숨김없이 털어놓았다. 그 솔직함은 지금 사랑을 하고 있는 젊은이들에게 분명 배울 만한 점이다.

처음 신랑을 소개한 사람은 그녀의 형부였다. 형부는 우연히 부하 직원과 저녁을 함께하게 됐는데, 마침 직원이 10년 넘게 만나지 못했던 대학 동창을 같이 만나는 자리이기도 했다. 그 동창이란 남자는 워낙 잘생긴 데다가 언변도 뛰어나 자리에 있는 사람들을 순식간에 사로잡았고 매우 호탕한 사람처럼 보였다. 그 사람이 무척 마음에 들었던 형부는 내친 김에 처제에게 소개하기로 마음 먹었다. 형부는 부잣집 아들에 미국 명문대에서 경제학 박사 과정을 밟고 있다는 말과 함께 그를 소개했다.

형부가 하도 권하기에 나온 자리였지만 그녀 눈에도 그는 미남에다 신사답고 말솜씨 또한 훌륭했다. 단번에 마음을 뺏긴 그녀는 처음 만난 그 자리에서 남자에게 이렇게 말했다.

"자라면서 위인전을 많이 읽었는데요. 그중에서도 필리핀의 막사이사이가 가장 좋았어요. 정치가로서도 유능한 사람이었지만 남자로서도 매력 만점이었지요. 마음에 드는 여자가 나타나니까 그날로 당장 청혼하는 박력이 있었거든요. 얼마나 멋져요. 난 막사이사이처럼 그날 본 여자에게 바로 청혼하는 남자가 나타나기를 기다리고 있어요."

이렇듯 처음부터 강한 호감을 드러낸 그녀는 그날 그와 여러 가지 이야기를 나누었다. 특히 정치 이야기를 많이 나누게 됐는데, 마침 그 남자는 국회의원이 꿈이라고 했다. 헤어질 때쯤 이미 그녀는 앞날을 예견하지 못한 채 사랑을 시작해 버린 상태였다.

다음날 다시 만났을 때, 그 남자는 그녀가 전날 일러준 모범 답안대로 청혼을 해왔다. 그녀가 기다렸다는 듯 쾌히 승낙한 것은 보지 않아도 알 수 있는 일. 물론 마음에 걸리는 점이 없었던 것은 아니다. 경제학 박사 과정에 있다는 사람이 느닷없이 대통령의 밀명으로 몇몇 나라에 특파되었던 적이 있었다는 등 앞뒤 안 맞는 이야기를 했기 때문이다.

그럼에도 그녀는 결혼을 서둘렀다. 주위 사람들은 모두 성급한 결정이라며 반대하고 나섰다. 심지어 남자가 살던 하숙집 주인까지 찾아와 그에게 다른 여자가 있는 것 같다며 결혼을 말렸다. 그럴수록 그녀는 오히려 남자가 가엾게 느껴졌다. 다들 자신의 결혼에 시샘을 하는 거라며 주변 반응을 흘려버렸다.

남자는 결혼하기 직전까지 그녀에게 눈에 보이는 거짓말을 늘어놓았다. 자기 집이 아주 큰 농장을 갖고 있고 또 공장도 하나 경영하고 있는 제법 큰 부자라고 자랑을 늘어놓았다. 그녀는 어렴풋이 이 모든 이야기가 사실이 아니라는 것을 알아차렸다. 하지만 한편으로 남자가 얼마나 자신과 결혼하고 싶었으면 이런 소리까지 할까 싶어 좋게 생각하고 넘겨버렸다.

그런데 정작 결혼하고 보니 그 사람의 거짓말은 그게 다가 아니었다. 순식간에 거짓말이 하나둘씩 드러나기 시작했다. 이 상황을 뒤로 하고 결국 결혼 한 달 만에 그는 박사 학위를 받으러 간다면서 미국으로 떠나버렸다. 남겨진 그녀에게 충격적인 소식은 계속 들려왔다. 그는 그녀와 결혼하기 전에 이미 다른 남자와 약혼까지 했던 여자를 파혼에 이르게 한 적이 있었다. 또 미국에서 그 여자와 동거까지 하고 있다고 했다. 끝내 그녀는 이혼을 결심했다. 하지만 이미 그녀는 두 아이의 엄마가 되어 있는 상태였다.

딱 봐도 야무지고 명석해 보이는 그녀가 왜 배우자 선택에는 신중하지 못했을까? 이 실패의 원인이 어디에 있었을까?

먼저 결혼을 결정하기까지 시간이 너무 짧았다. 처음 만나서 아무리 마음에 들었다고는 하지만 두 번째 만남에서 바로 결혼을 결심하다니 너무 성급했다.

둘째, 첫눈에 반한 결혼이 화근이었다. 첫눈에 반한 상대일수록 자기가 모르는 무의식적인 이유가 작용하기 때문에 위험하다. 첫눈에 반해 결혼하는 경우는 대개 사이가 아주 좋거나, 아니면 사이가 아주 나쁘거나 하는 식으로 극단의 형태를 보일 때가 많다.

셋째, 상대방에 대해 충분히 알아보지 않았다. 배우자를 고를 때는 반드시 상대방의 개인적인 성장 배경 등을 알아볼 필요가 있다. 하지만 그녀는 그의 배경에 대해 아는 것이 거의 없었을 뿐더러 그를 잘 아는 주위 사람들이 알려주는 문제점에도 귀를 기울이지 않았다.

넷째, 사귀는 기간이 워낙 짧아서 서로 다툰 경험이 없었다. 서로에게 좋은 감정만을 기대하고 있었기 때문에 결혼 뒤에 찾아온 갈등을 해결할 방법을 미처 몰랐던 것이다.

이 정도가 겉으로 드러난 이유다. 그렇다면 그녀가 그 남자에게 끌리게 된 무의식적인 이유는 또 무엇일까? 그 원인은 그녀의 어릴 적 환경, 특히 부모님과의 관계에서 찾아볼 수 있다.

그녀의 아버지는 존경받는 목사였다. 이런 아버지의 사랑과 격려, 기도 속에 오늘의 그녀가 있었을 것이다. 하지만 그녀가 택한 첫 배우자는 아버지와는 전혀 다른 사람으로, 정치적인 야심이 있고 허풍이 센 불성실한 사람이었다. 훌륭한 아버지라는 모범 답안을 둔 그녀가 정반대의 오답을 고른 까닭은 무엇일까?

아무리 훌륭한 사람이라고 해도 완벽할 수는 없다. 그녀는 분명 아버지 안에서 빛과 그림자를 동시에 보고 자랐을 것이다. 아버지가 성직자로서 가진 온유하고 강직한 성품과 뛰어난 학식이 밝은 면이라면, 10남매를 둔 가장으로서 경제적으로 어려울 수밖에 없었던 생활은 어두운 면이었다.

어린 시절 가난은 그녀를 슬프게 만들었다. 초등학교 5학년 때 처음 새 옷을 입어보기 전까지 그녀는 구호물자나 언니들의

헌옷을 물려 입을 수밖에 없었다.

넉넉하지 못했던 학창시절은 그녀가 시골에서 서울 명문 여고로 진학하면서 심각한 열등감으로 자리 잡았다. 특히 여고 3학년이 되면서, 그녀는 말을 잃어버리고 점점 더 우울한 소녀가 되어갔다. 묻는 말이 아니면 먼저 입을 여는 법이 없었고 어떤 때는 하루 종일 한마디도 하지 않을 정도였다.

나는 그녀가 첫 번째 배우자에게 단번에 반한 까닭은 그 콤플렉스가 해결되지 않은 채 남아 있었기 때문이라고 생각한다. 어두운 부분이 너무 강하면 밝은 면이 드러나기 어렵다. 겉보기에 그 남자는 그녀 자신이 지닌 어두운 부분을 메워줄 것처럼 보였을지도 모른다.

그러면 이제 그녀의 두 번째 선택을 살펴보자. 그녀는 두 번째, 그러니까 지금의 남편을 만난 것을 일생에서 가장 큰 축복이라고 말하고 있다. 재혼을 하기 전후로 그녀는 많이 달라 보인다. 누가 봐도 표정이 밝아졌고 매사에 훨씬 자신감이 생겼다. 가장 큰 변화라면, 이전까지는 남자들을 원수처럼 여기고 여자들 모두를 자신과 같은 희생자로 여기던 생각이 바뀐 것이다. 무엇보다 남자에 대한 적개심이 풀리기 시작했다. 물론 그렇게 된 데는 지금의 남편이 지닌 사랑의 힘이 작용했을 것이다.

두 번째 선택이 성공한 이유는 무엇일까? 간단하게 말하자면 첫 결혼이 실패한 이유와 정반대로 생각하면 될 것이다.

먼저 지금의 남편은 처음 만났을 때 마음에 들었지만 두 번째 만났을 때 보니 나이도 많고 목사라는 직업 때문인지 너무 점잖고 딱딱해 보여서 영 재미가 없었다고 한다. 그래도 참고 세 번째 만나고 보니 편안하고 좋았다고 한다. 마치 아주 오래 전부터 알고 지내던 고향 친구처럼 말이다. 이렇듯 뜨거운 정열보다는 믿음이 가고 편안한 상대가 배우자로 적합한 경우가 많다.

둘째, 두 사람은 서로 본 적이 없지만 집안끼리는 어릴 적부터 잘 아는 사이였다. 양쪽 아버지 모두 목사였고 집안끼리 속속들이 알고 있었기 때문에, 속이려야 속일 수 없는 결혼이 가능했다. 이처럼 상대가 지닌 배경을 잘 파악하면 서로를 이해하는 데 도움이 된다.

셋째, 충분히 사귀어보고 한 결혼이었다. 첫 만남에서 결혼까지 1년 반 정도 걸렸다. 서로에 대해 충분히 알 수 있는 시간이었다.

넷째, 이번에도 반대가 많고 장애가 많은 결혼이었다. 하지만 오히려 그것이 더 긍정적으로 작용했다. 상대방의 결점들을 서로 잘 알고 있었기에 더욱 신중하게 결정했고, 결혼 뒤에 따라올 갈등에 대해서도 예상할 수 있었다. 화해할 수 있는 능력을 갖추고 시작할 수 있었던 것이다.

그녀의 무의식을 들여다봐도 그렇다. 비록 가난 때문에 힘들었지만 그녀는 목사의 길을 걷는 아버지를 무척 존경하고 있었다. 두 번째 남편 역시 목사이다. 그녀는 비록 그가 고지식하고 숙맥 같은 면이 있기는 해도 세속적이고 능란한 사람보다 좋았다고 했다. 결국 그녀가 고른 두 번째 배우자는 아버지의 장점을 고스란히 갖고 있는 사람이었던 셈이다.

두 번째 결혼을 하고 마음의 안정을 찾아갈 즈음, 그녀는 이미 유명한 변호사가 되어 있었고 국회의원으로 활동하고 있었다. 처음 만난 남자의 꿈이 국회의원이었다는 걸 생각하면 참으로 아이러니한 일이 아닐 수 없다.

어둠이 사라지면 밝음은 저절로 드러난다. 그녀는 아버지가 지닌 '밝은' 부분을 그대로 빼닮은 두 번째 남편을 만났기에 행복을 되찾을 수 있었다.

하지만 여기서 하나 주의할 것은, 그렇다고 아버지와 똑같은 배우자를 만나라는 이야기는 아니란 것이다. 다만 배우자를 선택할 때, 아버지와 전혀 다른 사람이라면 좀더 신중하게 알아볼 필요가 있다는 이야기를 하고 싶다. 부모가 가지고 있는 장점을 무시한 채 단점만을 해결하려 들면 자신도 모르게 오류에 빠지기 쉽다. 부모가 가진 장점을 최대한 살리면서 결점을 최소화할 수 있는 배우자가 가장 이상적인 경우이다.

잘못된 선택을
예방하기 위하여

만약 어떤 충격이나 상처 때문에 깊은 열등감이 마음속에 자리하게 되면 이 또한 배우자 선택에 커다란 영향을 미칠 수가 있다. 뜻밖에도 많은 젊은이들이 자신의 열등감을 스스로 극복하지 못한 채 상대방에게 투사(자신의 열등감을 남의 탓으로 돌리는 것)하거나, 상대방을 통해 해결하려 들기 때문에 잘못된 선택을 한다.

따라서 사랑에 성공하기 위해서는 무엇보나 마음속 열등감을 극복해야 한다. 정신 건강은 한마디로 '자중자애(自重自愛)'란 말로 표현할 수 있다. 자중자애란 스스로를 소중하게 여기고 사랑하는 것을 말한다. 즉, 건강한 자존심과 자신감이 좋은 상대를 고르는 데 꼭 필요하다는 것이다.

이렇게 건강한 자존심을 갖기 위해서는 먼저 자신이 건강한 사랑을 받아본 경험을 갖고 있어야 한다. '사랑받은 자만이 사랑할 수 있다'는 등식이 성립하는 것도 바로 이런 까닭이다. 이런 등식을 다음과 같은 도표로 한번 살펴보자.

사랑의 결핍감↑ ➡ 사랑받고 싶은 욕구↑ —좌절→ 분노, 화(적개심)↑

사랑을 받지 못하거나 상처가 커서 사랑에 대한 결핍감이 크면 클수록, 사랑받고자 하는 욕구는 더욱 강렬해진다. 마치 우리가 배가 고플수록 음식을 그리워하고 많이 먹고 싶어하는 것과 같은 이치다. 마찬가지로 사랑받고자 하는 욕구가 커지면 커질수록, 웬만한 사랑이 주어져도 만족하지 못할뿐더러 오히려 약간만 좌절되어도 더욱 크게 상처를 받는 경향이 많다.

좌절감을 느낄 때 모든 사람들이 느끼는 공통된 감정은 분노와 화(적개심)다. 이때 적개심은 강력한 정서적 영향력을 띠기 때문에 사람에 따라 처리하는 양상이 다 다르다.

분노와 화를 처리하는 첫 번째 방법은 감정을 억눌러버리는 것이다. 감당하기에 너무도 부담스러운 감정이다 보니 마치 쓰레기를 땅속에 파묻어버리듯 자신의 마음 저 깊은 구석에 처박아놓고는 애초에 그런 감정이 없었다는 듯이 행복해하는 것이다.

하지만 마음속 깊은 바닥에 다른 사람을 강력하게 미워하는 감정(대개는 가장 가까운 사람을 미워하는 경우가 많다)을 갖고 있는 사람은 자기도 모르게 자기 자신을 비하하거나 미워하고, 스스로 열등감을 가지게 되는 경우가 많다. 여러분이 미움 때문에 아버지나 어머니, 형제자매를 죽인 범인이라고 가정해 보자. 어떻게 자신에 대해 떳떳하고 자랑스러운 감정을 가질 수 있겠는가. 비록 마음속에서 특정 대상을 죽이고 싶을 만큼 밉다는 생각만 했을 뿐인데도, 무의식 속에서는 마치 직접 살인을 저지른 것과 같은 심리적인 효과를 갖는 것이다.

이런 자기 비하감이나 열등감을 가지고 있는 사람은 아무리 좋은 상대가 나타나 자신을 진심으로 사랑한다고 해도, 그런 사랑을 받을 자격이 없다는 자격지심에 빠질 가능성이 크다. 같은 맥락에서 누가 봐도 너무 격이 안 맞고 어울리지 않는 상대인데도 자기한테 맞는 상대라고 생각해 결혼에 이를 가능성도 있다.

이런 선택은 모두 우리의 의식이 미치지 않는 무의식적인 과정에서 일어나기 때문에, 정작 본인은 인지하지 못하는 경우가 많다. 다시 말해 당사자는 단지 운이 없어서라든지, 또는 사람을 잘못 봤다는 식으로 단순하게 생각하고 마는 것이다.

분노를 과도하게 억압하는 경우

분노, 화(적개심) → 과도한 억압 → 열등감, 자기 비하의 증가 → 나는 이런 훌륭한 상대에게는 어울리지 않는다는 열등감, 또는 나는 이런 사람 말고는 결혼할 수 없다는 자격지심

두 번째 방식은 감정을 통제하거나 조절하는 것이 너무 힘들어서 그냥 밖으로 폭발시키는 것이다. 이때는 원래의 분노를 엉뚱한 대상에게 전이시키는 경우가 많다. 즉, 과거에 자신에게 상처를 입혔던 사람에 대한 분노(주로 과거에 가까웠던 대상에 대한 분노)를 '그때 그 사람'을 연상시키거나 상징하는 '현재의 사람'에게 표출하는 것이다.

예를 들어 아버지에 대한 강력한 분노가 해결되지 않은 여성은 사귀고 있는 남자가 아버지와 비슷한 모습을 보일 때 극도의 분노를 폭발시킨다. 만약 아버지의 심한 주사로 고통 속에 자란 여성일 경우, 사귀고 있는 남자가 술을 조금이라도 마시면 큰 실수를 하지 않았는데도 화를 내며 결별을 선언하기도 한다.

분노를 제대로 통제하지 못하고 폭발시키는 경우

분노, 화 (적개심) ──── 통제, 조절의 실패 ───→ 감정이 한꺼번에 폭발하거나 표출 → 사소한 이유로 현재의 파트너에게 화를 폭발 → 영문을 모르는 파트너는 당황하게 되고 곤혹스러워 함 → 갈등이 증폭되거나 관계가 파탄에 이를 확률이 높아짐

위와 같은 예들을 살펴보면 뻔히 자신의 인생에 마이너스가 될 줄 알면서도 불행한 선택을 하는 경우가 자주 있음을 알 수 있다. 그런 선택 뒤에는 반드시 미처 의식하지 못하는 무의식적

인 동기가 도사리고 있다는 사실을 마음에 새겨야 한다.

결국 이러한 무의식적인 동기를 파악하지 못하면, 이는 마음 깊은 곳에 일종의 콤플렉스로 자리하게 된다. 그리고 이 콤플렉스는 자신의 '마음을 지배하는 감정'과 연관을 맺게 되고, 자신의 일거수일투족에 강력한 영향력을 발휘하면서 평생이 달린 선택에 결정적인 영향을 미치게 된다.

2부와 3부에서는 실제로 자신의 감정을 처리하지 못해 파트너나 배우자 선택에 어려움이나 갈등을 겪고 있는 사례들에 대해 살펴볼 것이다. 마음을 지배하는 감정이 어떻게 행동에 영향을 미치고 있으며 원인이 되는 무의식적인 갈등에 어떻게 현명하게 대처할 수 있는지에 대해 구체적인 방법을 알아보고자 한다.

여기서 우리가 짚고 넘어가야 할 것은 비단 커플 상담이나 부부 상담을 받으러 정신과를 찾아온 사람들만 이런 문제를 겪는 것이 아니란 점이다. 우리 주위를 둘러보면 이와 비슷한 문제로 고민하는 사람들을 허다하게 볼 수 있다. 이런 경우 대개 자신의 무의식적인 문제나 감정들은 한구석에 밀어둔 채, 모든 것을 상대방이나 외부의 탓으로만 돌릴 때가 많다. 이렇게 되면 비슷한 문제가 하나의 패턴처럼 되풀이되면서 깊은 좌절감에 빠져 상처를 받고 만다. 더 나아가 본격적인 상담이나 치료가 필요할 수도 있음을 잊지 말아야 한다.

Part 2

나를 먼저 알아야
사랑할 수 있다

우리는 왜 만나기만 하면 싸우는 걸까?

A양과 B군은 요즘 한참 잘나가는 인기 가수 커플이다. 콘서트 현장이나 기자회견장에서 보이는 두 사람의 모습은 정말이지 선남선녀 그 자체다. 누구도 이 두 사람이 서로 잘 어울린다는 말에 토를 달 수 없을 정도다.

언론에 비친 이 커플은 언제나 서로를 마주보며 환하게 웃고 있거나, 다정하게 손을 잡고 팔짱을 끼고 있었다. 그래서 이들의 사랑에 문제가 있으리라고는 누구도 짐작하기 힘들었다.

하지만 겉으로 드러난 모습과 달리 두 사람은 지금 심각한 갈등을 겪고 있다. 때때로 이런 갈등은 너무 크게 증폭되어 서로에게 상처를 주다 못해 자칫 연예인으로서의 생명까지 위협하지 않을까 걱정될 정도다. 두 사람을 잘 아는 사람들의 말에 따르면, 둘은 공식적인 석상에서는 다정한 모습을 연출하지만 단둘이 있을 때는 싸우느라 정신을 못 차릴 지경이라고 한다.

특히 A양은 평소에 몹시 감성적이라 작은 일에도 쉽게 감동하지만 한번 기분이 틀어지면 물불을 가리지 않고 시시비비를 가리는 성격이다.

게다가 B군을 진심으로 사랑하는 그녀는 어떻게 해서든 그를 독점하고 싶어한다. 하지만 B군은 여자라면 누구나 호감을 가질 만한 스타일에, 노래 말고도 여러 방면에 소질을 갖고 있는 팔방미인이다. 이런 그를 사람들이 가만둘 리가 없다. 뮤직비디오나 광고 촬영이 있는 날이면 여느 날과 다름없이 일과 관련해 여러 여성들이 그를 둘러싼다. 의상 담당 코디네이터는 옷맵시를 다듬어주느라 그의 몸 구석구석을 매만지고 메이크업 담당자는 헤어스타일을 손보고 얼굴을 가꾸느라 그의 얼굴을 만지고 두드린다.

하지만 A양은 이런 모습에 무척 기분이 상한다. 아무리 공적인 접촉이라고 해도 마찬가지다. 물론 그녀도 연예인이기에 이러한 접촉이 어쩔 수 없는 것임을 누구보다 잘 알고 있다. 그리고 그 여성들보다 자신이 더 아름답고 매력 넘친다는 것을 이성적으로 잘 알고 있다. 그런데도 내면에서 치미는 질투심을 견딜 수가 없다는 것이다.

그녀 주위에도 그녀를 동경하고 사랑하는 많은 팬들이 항상

진을 치고 있기 때문에 객관적으로도 그녀가 B군보다 못할 것
은 전혀 없다. 하지만 모순되게도 A양은 '세상 어디에도 내 편
은 없다'는 적막감과 외로움을 느끼고 있다. 그런 A양에게 B군
은 무엇과도 바꿀 수 없는 소중한 가치를 지닌다. 그래서 더욱
완벽하게 자신의 것으로 만들고 싶다.

하지만 그녀가 놓치고 있는 것이 있다. 아무리 서로 사랑하더
라도 상대를 자신의 것으로 온전히 소유한다는 것은 애초에 불
가능하다는 것이다. B군에 대한 독점욕이 강하면 강할수록 그
녀가 느끼는 사랑에 대한 좌절감은 커질 수밖에 없다.

이러한 좌절감이 극에 달하면 A양의 분노는 건잡을 수 없이
폭발하곤 한다. 때로는 상대방에게 소리를 지르거나, 물건을 던
지고 부수는 행동으로 나타나기도 하지만, 때로는 자신을 파괴
시키는 모습으로 나타나기도 한다. 달리는 차 안에서 차문을 열
고 뛰어내리려고도 했고 벽에 머리를 들이박기도 했다. 심할 때
는 약을 한 주먹씩 털어넣고 죽으려고 했다.

A양에게 사랑하는 사람의 관심을 잃는 것보다 무서운 것은
없다. 이 두 사람의 사랑이 난항을 겪는 것은 이렇듯 사랑에 대
한 지나친 집착과 독점욕 때문이었다. 상대에 대한 집착과 독점
욕이 강하면 강할수록 그녀는 B군에게만 매달리게 될 것이고,
B군의 입장에서는 그것을 자신에 대한 속박과 족쇄로 받아들이
는 악순환이 계속 될 것이다.

그녀는 샌드위치 증후군

어린 시절부터 그녀는 매사에 지기 싫어하고 독종이라는 이야기를 들어왔다. 사실 집안에서 그녀의 위치는 몹시 불안정했다. 바로 위 오빠가 너무 뛰어났기 때문이다. 오빠는 부모의 기대와 관심을 한 몸에 받고 자랐고 막내는 막내대로 많은 사랑을 받았다. 그녀는 둘 사이에 끼어 있던 셈이다.

나는 이렇게 위아래로 치이는 둘째들이 흔히 보이는 경향을 '샌드위치 증후군'이라 부른다. 이 경우 두 가지 극단적인 태도를 보이기 쉽다. 부모의 사랑과 관심을 얻기 위해 지나치게 착하고 순종적인 태도를 보이거나, 반대로 지나치게 독립적이고 반항적인 태도를 보이게 된다.

그녀도 둘째라는 위치 때문에 부모의 사랑을 받기 위해 무엇이든 잘하려고 노력하며 자랐다. 그 과정에서 모든 불만을 억누른 채 참고 살아왔고 무엇을 하든 남에게 지지 않으려는 태도가 몸에 배었다.

하지만 그럼에도 부모의 사랑과 관심은 되찾을 수가 없었다. 거기에는 두 가지 이유가 있었다. 먼저 부모는 그녀가 잘할수록 가만히 두어도 알아서 잘하는 아이라고 생각했기 때문에 관심을 기울일 필요를 느끼지 못했다. 또 아이들에게 관심을 기울이기 전에 둘 사이의 불화가 너무 심해 급기야는 이혼에 이르고 말았다. 이런 부모의 태도에서 A양은 스스로를 '마치 주워온 아이 같다'고 여기며 소외감을 느꼈다.

나는 그녀가 문제를 해결하기 위해서는 무엇보다 B군에게 집착하는 심리적인 이유를 깨달아야 한다고 생각했다. 어릴 때부터 부모의 관심과 사랑에 목숨을 건 것과 같은 태도를 상대 남자에게 보이고 있음을 스스로 이해할 필요가 있었던 것이다.

A양은 B군에게 집착하면 할수록 그의 사랑을 얻는 데 실패할 가능성이 크다. 마치 부모님의 사랑을 얻고자 모든 것을 참고 견뎠지만 오히려 부모님의 관심을 얻지 못한 것과 같은 까닭이다. 그녀 스스로 이렇게 무의식적으로 자신을 지배하는 주요 감정을 깨닫고 그 감정을 이해하는 것이야말로 모든 문제를 해결하는 출발점이 될 것이다.

또한 남녀관계를 비롯해 어떠한 인간관계에서도 자신이 원하는 만큼의 사랑과 관심을 100퍼센트 얻는 일은 불가능하다는 사실도 받아들일 필요가 있다. 사실 A양에게는 B군 말고는 가깝게 지내는 사람이 거의 없다고 한다. 다른 남자를 사귀라는 이야기가 아니라 사랑에도 때로는 다양한 변화가 필요하다. 사랑하는 남자 말고도 좋은 언니, 동생, 선배, 후배 등 인적 자원이 풍부한 사람이 훨씬 성숙한 사랑을 할 수 있다.

또 사랑받지 못한다는 좌절감에서 오는 분노를 다스릴 줄 알아야 한다. 자신의 행동이 극단적으로 치닫기 전에 불만이나 감정을 좀더 완화된 형태로 표현하도록 노력해야 하는 것이다.

A양이 자신의 감정을 폭발적으로 나타내는 이면에는 사랑을 잃지 않기 위해 감정을 참는 습관이 있다. 감정이란 참고 억누

르다가 터져나올수록 걷잡을 수 없는 모습을 띠는 경우가 많다.

지금껏 이야기한 사항을 명심하지 않는다면, A양을 비롯해 상대를 소유하고 싶어하는 사람들 모두 그 바람을 이루기 힘들 것이다.

독점욕과 질투심에서 벗어나기

• 그에게 집착하는 심리적인 이유를 찾아보자

어린 시절을 떠올리면서 가장 행복했던 기억 세 가지와 가장 힘들고 불행했던 기억 세 가지를 적어본다. 그리고 지금 만나고 있는 그와의 관계에서 비슷하게 되풀이되는 감정이 있는지 찾아본다.

• 스스로의 사랑 패턴을 이해하자

이전 남자친구에게도 이와 비슷한 패턴을 되풀이하지는 않았는지 곰곰이 생각해 보자. 만약 동일 상황이 반복되고 있다면 스스로에게 문제가 있다. 자신에게 변화가 필요한 때다.

• 'You' 메시지 대신 'I' 메시지를 쓰자

상대에게 화가 날 때는 "너 도대체 왜 이러는 거야?" 대신 "당신이 이렇게 하니까 나는 무척 서운해"라는 식으로 완곡하게 감정을 표현해 본다.

헤어진 그가 다시
돌아올 수만 있다면…

C양은 작년 초겨울 자신에게 벌어진 일을 믿을 수 없었다. 사랑을 맹세했던 남자가 아무런 말도 없이 다른 여자와 결혼해 버린 것이다. 정말이지 태어나서 처음 느껴보는 가슴 아픈 경험이었다.

그를 만난 것은 고향 어느 나이트클럽에서였다. 모처럼 친구들과 놀려고 찾은 그곳에서 그녀는 마침 여름방학을 맞아 이 지역으로 놀러온 남자들과 즉석으로 만남을 갖게 되었다. 다 같이 어울려 신나게 놀았는데, 그녀는 그중에도 유독 한 남자에게 마음을 빼앗겼다.

다음날 따로 시간을 잡아 만나보니, 그는 서울 명문대, 그것

도 의대를 다니고 있었다. 졸업을 앞두고 있다는 말에 그녀의 호감은 더욱 커졌다. 사실 C양도 늘씬한 몸매에 얼굴도 예뻐서 얼핏 보기에는 부족함이 없는 듯했다.

하지만 그녀는 학벌 콤플렉스를 안고 있었다. 학교 다닐 때 공부를 잘하지 못했던 그녀는 지방 전문대를 겨우 나왔다. 그런 그녀 앞에 서울 명문 의대를 다닌다는 엘리트가 나타난 것이다. C양은 인생에서 두 번 없을 기회라고 생각했다. 이 남자의 사랑을 얻을 수만 있다면 무슨 짓이든 할 수 있을 것만 같았다.

두 사람은 여름방학 내내 날마다 만나 사랑을 나누었다. 그런데 그 의대생은 성적으로 몹시 굶주려 있었는지 만날 때마다 섹스를 요구했다. 콘돔 사용을 꺼리는 그였기에 C양은 날마다 피임약까지 먹어가며 그를 만족시켜 줘야 했다.

어느덧 짧은 여름방학도 끝나고 그도 서울로 돌아가야 할 때가 왔다. 그는 C양을 진심으로 사랑하고 있으며 돌아와 꼭 결혼하겠다는 맹세를 남기고 떠났다. 하지만 C양은 마음이 놓이질 않았다. 그래서 주말마다 여섯 시간씩 차를 몰고 그에게 달려갔다. 뒷좌석에는 언제나 정성 들여 준비한 도시락과 간식이 실려 있었다.

그렇게 2년의 시간이 순식간에 지나갔다. 그새 의대생이었던 남자는 졸업하고 한 대학병원에서 레지던트로 일하고 있었다. 이제 결혼해도 괜찮을 때가 되었다는 생각에 C양은 그에게 결혼을 재촉했다.

그런데 막상 결혼 이야기를 꺼내자 그는 몹시 못마땅해하더니 슬슬 소원한 태도를 보였다. 전화하면 마지못해 받는가 싶더니 나중에는 수술 등 이런저런 핑계를 대며 통화조차 피하는 듯했다.

C양은 이런 그의 태도에 엄청난 배신감과 분노를 느껴야 했다. 그러던 어느 날 도저히 화를 삭일 수 없었던 그녀는 한달음에 차를 몰고 그가 일하는 병원으로 달려갔다. 대체 뭐가 문제인지 따지기 위해서였다.

그의 대답은 이랬다. 어머니가 그녀와의 결혼을 절대 반대한다는 것이다. 그러면서 "정말 미안하다. 너와 난 서로 비슷한 사람이 아닌 것 같다. 좋은 남자 만나서 잘 살아라"는 말을 꺼냈다. 너무나 무책임한 그의 말에 화가 난 C양은 뺨을 한 대 올려붙이고는 곧장 집으로 돌아왔다.

그 뒤로 C양은 심한 우울증을 앓았다. 사는 것에 아무런 의미도 찾을 수 없었다. 그렇게 앓으며 몇 달을 보내다 혹시나 하는 마음에 남자를 찾아갔다. 하지만 그때는 이미 그가 다른 여자와 결혼한 뒤였다. 그 말을 도저히 받아들이기 힘들었던 C양은 수소문 끝에 남자의 아내에 대해 알아냈다. 같은 병원에서 일하는 여자 의사라고 했다.

그녀는 배신감에 온몸을 떨었다. 도저히 용서할 수가 없었다. 의사와 결혼했다는 것을 알게 된 날 C양은 만취할 때까지 술을 마셨다. 어떻게 해서든 망가진 자신의 인생을 보상받고 싶었다.

아니면 차라리 그를 죽이고 싶었다. 죽일 수 없다면 그를 사회적으로 매장하고 싶었다. 한창 뜨겁게 연애할 때 찍어둔 그의 나체 사진을 그가 일하는 병원에 뿌릴까도 생각했다. 어떻게 해서든 그에게 복수하고픈 마음뿐이었다.

지금도 C양은 그에게 복수할 방법에만 집착하고 있다. 그가 결혼했다는 사실 또한 여전히 받아들이지 못하고 있다. 그녀는 그를 다시 만나기만 하면 좋았던 예전 시절로 돌아갈 수 있다고 믿고 있다.

제대로 먹지도 자지도 못하는 상태에서 분노에 휩싸인 C양은 수시로 남자에게 전화를 걸어 온갖 욕을 퍼붓고 있다. 이런 그녀에게 질려버린 남자는 겁을 잔뜩 집어먹고 전화번호를 바꾼 지 오래다. 하지만 아직도 C양의 분노는 조금도 수그러들 기미가 없다.

그녀의 열등감과 자기 비하

C양에게 학벌 콤플렉스는 오랜 세월 그림자처럼 따라다니면서 그녀의 인생을 괴롭혀온 찰거머리 같은 존재였다. 어릴 때부터 부모에게 인정받지 못한 한 가지 이유를 꼽으라면 그녀가 공부를 못한다는 것이었다. 특히 그녀의 오빠는 공부를 제법 잘했는데, 부모는 늘 두 사람을 비교했다. 그럴 때마다 그녀는 자신을 형편없는 존재라고 비하하게 되었다.

C양이 지닌 학벌 콤플렉스는 입시에 연거푸 두 번이나 실패하고, 하는 수 없이 지방 전문대를 다니게 되면서 극에 달했다. 그녀는 자신이 전문대학을 겨우 들어갈 실력밖에 안 된다는 사실을 받아들이기 힘들었다. 이런 좌절감에 휩싸여 나이트클럽을 전전할 때 그 명문대 출신의 의대생을 만난 것이다. 그녀는 자신의 열등감을 스스로 해결하지 못한 채 명문대 의대에 다니는 상대를 통해 해결하려 들었다. 바로 그 점이 그녀가 겪는 고통의 원인이 되었던 것이다.

지금 C양에게 가장 시급한 것은 명문대 출신 남자와의 사랑이 끝났다는 사실을 받아들이는 것이다. 그녀가 그에게 집착하면 할수록 그 감정은 오히려 그녀 자신을 파괴하는 쪽으로 나아갈 것이다.

또한 앞으로 자신에게 얼마든지 더 좋은 사랑이 찾아올 수 있다는 희망을 받아들여야 한다. 학벌 콤플렉스를 미뤄두고 보면, C양은 남들이 부러워할 만한 장점을 많이 갖고 있다. 남들이 보기에는 그리 중요한 문제가 아닌 학벌이라는 열등감 때문에 본인 스스로 깊은 상처를 받았음은 물론이고, 자신의 많은 장점조차 무용지물로 만들고 있다는 것을 깨달아야 한다.

지금 그 남자를 파멸시키고 싶다는 복수심도 근원적으로는 자기 자신을 미워하고 파괴시키고 싶다는 자기 비하의 감정과 연결되어 있다. C양은 하루 빨리 이 사실에 눈을 떠야 할 필요가 있다.

C양처럼 학벌 콤플렉스가 문제가 되는 경우도 있지만, 그밖에도 지나친 열등감 때문에 상처를 입는 사람들이 많다. 집안이 가난해서, 부모 직업이 별로라서, 뚱뚱하거나 키가 크지 않아서 등등 다양한 열등감이 다 이런 유형에 해당한다. 자신의 열등감을 스스로 극복하지 못하고 상대를 통해 해결하려 들면, '지나친 집착'이라는 함정에 빠질 위험이 도사리고 있다는 것을 잊어서는 안 된다.

지나간 사랑 잊어버리기

• 사랑이 끝났다는 것을 받아들이자

그 남자는 잠깐 스쳐가는 남자였을 뿐이다. 다른 사랑이 더 나은 모습으로 찾아온다는 사실을 믿어라.

• 복수심의 근원을 파악하자

먼저 자신이 갖고 있는 열등감의 정체를 분명하게 파악해야 한다. 더불어 자신이 가진 장점들도 명확하게 인식하라.

• 가장 좋아하고 하고픈 일을 먼저 하자

그에 대한 집착이나 생각이 도저히 사라지지 않을 때는 다른 일에 관심을 기울여보자. 사랑이란 감정도 일종의 중독이다. 건강한 취미나 일에 빠지면 거기서 벗어나기 쉽다.

사랑은 첫눈에
찾아오는 거야

D양은 30대 중반의 커리어 우먼이다. 그동안 일이 바빠 미처 남자를 제대로 사귈 기회가 없었다. 그러던 어느 날 친구들 모임에 나갔다가 우연히 한 남자를 보고 첫눈에 반하고 말았다. 오랫동안 꿈꿔오던 이상형이었던 것이다.

상대도 그녀에게 똑같은 감정을 느꼈다. 둘의 만남은 처음부터 불꽃이 튀었다. 사실 명문대 대학원까지 나온 D양이 자신과 비슷한 학력의 상대를 만나기는 그동안 너무 힘들었다. 하지만 이번에 만난 남자는 학벌도 좋고 자신의 분야에서 어느 정도 성공을 이룬 사람이었기에 더 바랄 것이 없었다.

물론 그에게도 결함은 있었다. 바로 이혼 전적이 있다는 것,

게다가 전처가 키우고 있는 아이까지 하나 있다는 것이다. D양은 그 점이 살짝 마음에 걸렸다. 하지만 그것만 빼면 그녀가 바라던 모든 점을 다 가진 사람이었다. 두 사람은 틈만 나면 만나서 데이트를 즐겼다.

그런데 이 행복도 석 달을 넘기지 못했다. 그가 D양을 만나기 전에 다른 여자와 이미 사랑에 빠졌다는 사실이 드러난 것이다. 심지어 상대는 유부녀였고 D양과 처음 만날 즈음까지도 그 관계가 정리되지 않은 상태였다. D양은 그가 잠깐이나마 유부녀와 자기 사이에서 양다리를 걸치고 있었다는 사실에 경악했다.

그럼에도 처음에는 가능한 한 그를 이해하고 용서하고자 애썼다. 하지만 내색하지 않고 불편한 감정을 감추려고 하면 할수록 사랑하는 이에게 배신당했다는 분한 감정이 사라지지 않았다.

날이 갈수록 D양의 마음속 상처는 깊어졌고 이 상처는 그녀를 지치게 했다. 마침내 D양은 그의 이혼 전적과 양다리를 너무 쉽사리 용서한 자신에게 화를 쏟아내기 시작했다. 시간이 지나면서 극도로 예민해졌고 그를 만나면 짜증이 나고 불편해졌다. 자연히 두 사람의 연애감정도 시들해졌다.

D양은 아무리 노력해도 상대의 과거에 대한 집착을 떨칠 수 없자 급기야 그와 절교를 선언했다. 이별 후 며칠이 지나고 막상 그를 볼 수 없게 되자 이번에는 외로움과 허전함에 견딜 수 없는 지경이 되었다.

그래서 D양은 한 번 더 용서하기로 마음먹고 다시 그를 만났다. 그럭저럭 1년의 시간을 보냈지만 두 사람은 늘 같은 문제로 티격태격했다. 지난 주말에도 함께 시간을 보내다가 우연히 과거 이야기가 나왔고, 순간 D양은 갑자기 참을 수 없는 상태가 되어 남자에게 화를 터트렸다. 번번이 같은 이야기로 자신을 닦달하는 그녀의 집요함에 슬슬 지쳐가던 그도 같이 화를 내면서 이번에는 싸움이 걷잡을 수 없이 커진 모양이다.

지금도 D양은 그가 자신을 배신했다는 사실을 잊고, 쉽게 그를 용서한 자신을 용납할 수 없어 괴로워하고 있다. 머리로는 분명 이 남자와 헤어져야 한다고 생각하면서도 마음이 따라주지 않는 것에 힘들어하면서 말이다. 한편으로는 남자를 측은하게 여기면서도 그가 자신을 배신했다는 생각에 여전히 괴로운 D양의 상황에서 더는 첫눈에 반했던 뜨겁고 애틋한 감정은 찾아보기 어렵다.

첫눈에 반한 사랑과 그녀의 이상적 남자

정신의학에서는 이처럼 첫눈에 반한다는 것을 무의식적인 요소가 작용했다고 설명한다. 즉, 과거에 경험한 이상적인 이성의 모습을 현재의 상대방에게서 발견하려고 하는 마음의 발현이다.

우리는 가끔 어떤 상대에게는 왠지 모르게 호감을 느끼는가 하면, 또 어떤 상대에게는 까닭 없이 미움의 감정을 느낄 때가 있다. 특별한 이유 없이 이렇게 상대방에게 강한 감정을 느끼는

경우를 '전이감정이 일어났다'고 하는데, 좋은 감정을 느끼면 '긍정적인 전이감정'이라고 하고 미운 감정을 느끼게 되면 '부정적인 전이감정'이라고 말한다. 첫눈에 반하는 경우는 그야말로 가장 강력한 '긍정적인 전이감정'이 일어난 것이라고 볼 수 있다.

D양의 경우는 어릴 적부터 사이가 좋았던 친오빠와 남자친구를 자기도 모르게 동일하게 보는 경향이 있었다. 이와 같은 동일시 경향은 오빠뿐 아니라 아버지나, 삼촌 등 가족 중 친밀감을 느꼈던 사람에 대해 흔하게 나타나는 현상이다.

첫눈에 반한 사람은 자기도 모르게 상대방을 자신이 생각하는 이상적인 인물의 이미지에 갖다 맞추려는 경향이 있다. 이러한 경향을 예방하기 위해서는 먼저 현재의 상대를 있는 그대로 파악하려고 노력해야 한다. 현재의 상대가 결코 과거 호감을 가졌던 '그때 그 사람'이 될 수는 없다는 것이다. 상대가 자신이 생각했던 그때 그 이상적인 사람이 아니라는 것이 드러나면 드러날수록 실망이 커지기 때문이다.

이런 점들을 고려하면 아무리 첫눈에 반한 상대라도 정말 나에게 잘 맞는 사람인지 더욱 신중하게 판단해야 한다. 대개 첫눈에 반한 상대는 사이가 아주 좋거나 아주 나쁘거나 하는 식으로 한 방향에 치우칠 가능성이 많다.

그래서 첫눈에 반한 상대일수록 사랑의 갈등을 극복해 보는 경험을 하는 것이 좋다. 무조건 좋은 감정만 가지고 결혼했다가

나중에 실망감을 극복하지 못하는 것보다는 미리 갈등을 겪어
예방주사를 맞는 것이 여러모로 도움이 된다.

마음 분석 노트 　첫눈에 반한 상대 파악하기

**• 지금 만나는 사람이 과거에 경험했던 누군가를 상징하는지
는 않는지 살펴보자**

당신의 기억 속에 있는 이상적인 남자와 상대방은 다른 사람
임을 인정하라.

• 상대의 장점과 단점을 각각 열 가지씩 적어보자

상대의 장단점을 목록으로 만들면서 상대방을 이성적으로 판
단하려고 노력해야 한다.

• 첫눈에 반하는 상대일수록 성급하게 결정하지 말자

적어도 6개월 이상은 만나보고 결정하는 편이 좋다.

일이 잘 안 풀리면
사랑도 흔들려요

스물일곱 살인 E양은 한 9개월 전부터 우울하고 까닭 모를 눈물이 나오면서 기분이 가라앉기 시작했다.

그녀는 어릴 때부터 곧잘 공부 잘한다는 소리를 들으며 자랐기 때문에 대학을 졸업하고는 공무원 시험을 보기 위해 전문 학원을 다니면서 열심히 준비했다. 하지만 아깝게 시험에 떨어졌다. 워낙에 자존심이 센 편이라 시험에 떨어졌다는 사실을 받아들이기 어려웠기에 다시 죽을힘을 다해 시험 준비를 했다. 하지만 또다시 아슬아슬하게 떨어지고 말았다.

그러면서 E양은 2년 동안 쌓아올린 공든 탑이 단번에 무너지는 듯한 좌절감을 느꼈다. 주위 사람들은 너무 아깝게 떨어졌으니까 다시 시도하라고 권했다. 하지만 워낙에 전력으로 달려온 그녀였기에 도저히 엄두가 나지 않는 상황이었다.

하는 수 없이 그녀는 전공을 살려 대학원에 진학했다. 그리고 지금껏 해왔듯이 공부에 매진해 학교에서도 인정받는 학생이 되었다. 하지만 그녀에게는 남 모를 고민이 있었다. 앞서 말했듯이 아무런 이유도 없이 눈물이 나오고 자신감이 떨어져 우울하고 무기력한 증상이 지속되고 있기 때문이다.

원래 E양에게는 오래 전부터 캠퍼스 커플로 가깝게 사귀던 남자친구가 있었다. 그는 그녀가 시험 준비를 하는 동안 곁에서 따뜻한 격려와 위로를 해주었다. 남자친구가 그렇게 신경을 써주었음에도 시험에 떨어진 뒤로 E양은 그를 보면 괜히 시험에 실패한 그 시절이 떠올라 괴롭다는 이유로 일방적으로 헤어지자고 통보했다. 남자친구는 그런 그녀의 태도에 실망하고 떠나버렸다. 결국 E양은 시험과 함께 사랑도 실패하고 열정을 잃어버린 상태가 된 것이다.

E양을 조금 더 이해하기 위해서는 그녀의 가족관계를 들여다보지 않을 수 없다. 역시나 E양에게는 한 살 어린 여동생이 있었다. 동생은 어려서부터 수재라는 소리까지 들으면서 부모에게 인정받고 자랐다. 그러다 보니 E양은 공부를 잘하는데도 늘 동생만은 뛰어넘을 수 없다는 열등감을 안고 자라왔다.

대학에 들어오면서 E양은 공부를 열심히 해서 부모에게 인정받고 싶었다. 무엇보다 어머니가 원하는 대로 공무원이 되면 모든 문제가 다 해결될 거라고 굳게 믿었다. 하지만 시험에 떨어지면서 어릴 적부터 안고 있던 감정의 문제는 더욱 악화되었고 열등감 또한 한없이 깊어졌던 것이다.

지기 싫어하고 성취욕이 강한 E양은 지금 대학원을 다니며 충분히 인정받고 있지만, 여전히 자신의 인생이 실패했다는 상실감과 부모의 기대를 충족하지 못했다는 자책감에 불행해하고 있다. 그래서 우울한 감정이 점점 자리를 키워가고 그 감정이 걷잡을 수 없을 때면 두 눈에서 까닭 모를 눈물이 흐르는 것이다.

그녀의 지나친 경쟁의식

어릴 적부터 E양의 마음속에 자리한 동생에 대한 지나친 경쟁심과 그로 생긴 열등감은 무척 뿌리가 깊었다. 그녀는 부모한테 인정받고자 하는 욕구가 몹시 강했고, 공무원 시험에 지나치게 집착했다.

무슨 일이든 지나치게 집착하면 역효과를 부르는 법이다. 꼭 되어야 한다는 마음이 강하면 그만큼 실패에 대한 불안도 강해지기 때문에, 평소 지닌 실력을 충분히 발휘하지 못하고 뜻밖의 실수를 하는 경우가 많다. 물론 남과 지나치게 비교하는 우리나라의 교육 풍토도 그녀의 경쟁의식을 더 강하게 만드는 데 한몫 했을 것이다.

E양이 시험에 떨어지고 나서 남자친구에게 헤어지자고 한 것

도 바로 이런 자격지심 때문이다. 만약 그녀가 이러한 불필요한 경쟁의식과 열등감에 사로잡혀 있지 않았다면, 오히려 어려운 시절을 함께해 준 남자친구에게 고마움을 느껴 지금쯤 두 사람은 더욱 돈독해졌을지도 모른다. 자신의 괜한 자격지심 때문에 좋은 상대를 스스로 발로 차버린 셈이다.

나는 인생이 실패했다며 무력감에 빠져 있는 그녀에게 '발상의 전환'을 권했다. 즉 '무엇을 위해 나에게 이런 일이 일어났나?'를 한번 생각해 보라고 한 것이다. 지나친 경쟁심에 사로잡혀 있는 E양이 공무원 시험에 합격했더라도 승진 시험 등을 준비하느라 더 고생했을 수도 있다. 고생은 고생대로 하고, 치열한 경쟁 때문에 더욱 불행해질 수도 있는 것이다. 고위 공무원으로서 불행한 삶을 이어가기보다는 행복한 삶을 살라는 메시지로 받아들여 보라고 권했다.

다음으로 자기 존중감을 반드시 회복하라고 충고했다. 자신에게 남아 있는 많은 장점들과 앞으로 남아 있는 기회들을 차분히 종이에 적어보게 했다. 지금 다니고 있는 대학원에서도 충분히 자신의 역량을 발휘하고 인정받을 기회가 남아 있어 보였기 때문이다.

비단 이런 문제는 E양뿐 아니라 누구에게나 생길 수 있는 일이다. 특히 남자들은 사회적인 성취가 자신의 가치를 측정하는 바로미터가 되기 때문에 더욱 쉽게 좌절을 겪기도 한다. 하지만 이러한 어려움이 닥치더라도 절대 자포자기의 감정에 빠지지 말고 거꾸로 전화위복의 계기로 삼으라고 말해 주고 싶다. 만약 이런 일이 없었다면 평생 자신의 지나친 경쟁의식에서 비롯된 열등감으로 불행하게 살았을 수도 있지 않은가. 지금 찾아온 위기를 오히려 자신의 인생을 돌아보는 좋은 기회로 활용해 보라고, 그리고 자신에 대한 존중감만 회복한다면 더 보람된 기회들이 기다리고 있다고 믿어보자.

지나친 경쟁의식에서 벗어나기

• 실패를 전화위복의 계기로 삼자
어려운 일이 생겼다면 좌절하지 말고 자신을 돌아보는 기회로 생각하라.

• 위기라는 말을 명심하자
위기(危機)를 한자로 풀어보면 위험 속에 기회가 있다는 말이다. 역경을 통해 자신을 성숙시켜라.

• 자기 전에 거울을 들여다보며 한 번씩 스스로를 칭찬하자
아침에는 '○○씨, 오늘 하루도 힘내볼까요', 자기 전에는 '○○씨, 오늘 하루도 정말 수고했어요'라고 자신을 위로하라.

첫사랑을
다시 돌려줘요

첫사랑은 누구에게나 애틋하다. 어느 시인도 이야기했듯이, 첫사랑은 이루어지기 힘들기에 더욱 아름답다는 말이 있다. 어느 날 첫사랑을 못 잊어서 괴롭다는 F양의 편지가 날아왔다. 내용은 다음과 같다.

전 그냥 평범한 스물여덟 살 여자입니다. 적당히 사랑도 할 줄 알고 즐길 줄도 아는……. (중략) 저는 고등학교 때 성당을 다녔는데, 그곳에서 한 아이를 알게 되었습니다. 그는 적극적으로 자신의 감정을 드러낼 줄 알았고, 무척 쾌활한 아이였죠.
전 처음에는 그애를 좋아하지 않았지만 성당을 다니지 않게 되면서 만날 수가 없게 되자, 이상하게도 그 아이를 생각하는 마음이 깊어만 갔습니다.

고등학교 1학년 때 한 번, 고등학교 3학년을 시작하며 한 번, 이렇게 제가 그에게 보낸 편지 두 번이 우리 둘의 사랑이라면 사랑이랍니다. 손도 잡아본 적 없고요. 사랑한다는 말도 한 적 없는 짝사랑에 가까운 사랑이었어요. 그에게는 답장 한 번 없었어요. 그래서 저는 대학에 들어가면서 그를 잊기로 하고, 다른 사람을 만나 오랜 사랑을 키웠습니다.

그런데 대학을 졸업하고 7년여 만에 첫사랑 그 남자를 우연히 다시 만났습니다. 저는 그를 까맣게 잊은 줄 알았는데, 그날 이후로 그에 대한 생각을 지울 수가 없었습니다.

고민 끝에 저는 오래 사귀어온 남자친구에게 아픔을 주면서까지 그에게 가까이 다가서도 되겠느냐고 물었습니다. 그는 안 된다고, 학벌도 차이나고(사실 그는 고졸입니다), 키도 작고 돈도 없는 바람둥이라고, 자기는 나쁜 놈이라서 우린 어울리지 않는다고 말했습니다. 그러면서 내가 자기에게 이러는 것이 영광이라며, 그는 사랑한다는 단 한마디를 남긴 채 제 곁을 떠났습니다.

하지만 저는 그 뒤로도 마음을 정리할 수 없었습니다. 그를 사랑하지만 거절하는 그에게 매달릴 수는 없었습니다. '이유가 있겠지! 사랑하는 남자가 나를 거절할 때는 나름대로 이유가 있는 거야!'라며 스스로를 달래고 위로하려고 했습니다.

그러기를 1년 반, 그의 결혼 소식이 들려왔습니다. 한 살 연상의 아내와 가게를 운영하고 있다고요.

그게 벌써 2년 전의 일인데, 전 아직도 그를 잊지 못합니다. 전 그 누구에게도 이런 사랑을 느낀 적이 없습니다. 나를 그토록 좋아했던 많은 남자와, 오래도록 내 곁을 지키는 남자친구가 있지만 앞으로 그 누구에게도 이런 감정은 느낄 수 없을 것 같습니다.

전, 그를 잊을 수 없습니다. 그러나 잊고 싶습니다. 그를 잊고 잘살고 싶습니다. 나를 떠나보낸 그처럼 저도 그에 대한 생각을 잊어버리고 싶습니다.

선생님! 그를 잊는 방법을 알고 싶습니다.

제게 사랑은 그 하나뿐이 아니라고 믿고 싶고 또 그렇게 되기를 바랍니다. 그만 그를 제 기억에서 지우고 싶습니다. 그 방법을 제발 알려주세요.

과거의 상황과 ‘그’를 동일시하는 그녀

F양이 그를 만나게 된 것은 고등학교 시절이었다. 그때 그녀는 몹시 힘든 상황이었다. 집안형편도 썩 좋지 않았고 학교에서는 성적에 대한 중압감에 시달리고 있었다. 거기에 친구들과도 원만하지 못했던 F양은 그때가 어두운 터널처럼 힘들기만 한 시절이었다.

바로 그럴 때 마음의 위안 삼아 다닌 곳이 성당이었다. 그곳에서 그녀는 못 잊겠다는 그 첫사랑을 만났다. 자신과는 달리 밝고 쾌활한 그를 보는 것이 어느새 그녀에게는 커다란 즐거움이 되었다. 적어도 그를 떠올리는 시간만큼은 그녀를 괴롭히는 현실적인 문제를 잊을 수 있었다. 학교에서나 집에서나 마음의 안식을 찾지 못했던 그녀였지만 성당에서는 마음의 위로를 얻었고 거기서 만난 그에게 몰두하며 고통스러운 사춘기에서 벗어나고자 했다. 그러는 사이 마음 깊이 그를 향한 혼자만의 사랑을 키워갔던 것이다.

F양은 이미 스물여덟이나 되었지만 아직 마음은 고등학교 1학년이던 열일곱 살에 머물고 있는 듯 보인다. 현실의 고통을 맞받아칠 힘이 없었던 F양은 현실에서 도망치고 싶은 마음에 첫사랑의 감정에 집착했던 것이다. 그러다 어른이 된 뒤에 다시 첫사랑을 만나자 갑자기 그때 느꼈던 감정들이 밀려왔던 것뿐이다. 무엇보다 먼저 과거의 감정에서 벗어나는 것이 중요하다.

사실 사춘기 무렵에 느낀 첫사랑의 감정은 누구에게나 잊을 수 없는 소중한 추억이다. 그때의 설렘은 영원히 간직하고픈 아름다운 기억이기 때문이다. 하지만 그것이 지나쳐 현재의 생활을 방해할 정도라면 자신에게 어떤 문제가 있는 것은 아닌지 돌아볼 필요가 있다.

나는 F양에게 먼저 현재 그의 상황을 정확하게 파악하는 것이 도움이 될 수 있다고 조언했다. 물론 당시 그 남학생은 쾌활하고 밝은 성격으로 힘들어하던 그녀에게 힘을 주었을지 모르지만, '현재' 그의 상황은 그렇지 않을 확률이 높다. 그걸 모른 채 F양은 여전히 그(정확히 말하면, '그에 대한 그녀의 사랑')가 그녀에게 구원이 될 수 있다고 믿는 것이 문제였다. 이미 그는 예전의 그가 아닌데도 말이다.

마지막으로, F양에게는 자기 자신의 힘을 믿는 것이 필요하다. 여리고 힘없던 어린 시절에는 첫사랑의 감정에 의지할 수밖에 없었지만 지금은 그럴 필요가 없다. 어느 정도 사회적 위치를 만들었고 또 여기까지 오는 동안 다져온 실력이라면, 힘들 때 스스로 자신을 다독일 수 있는 마음의 힘도 분명히 갖고 있기 때문이다.

첫사랑의 추억에서 벗어나기

• 그 시절의 상황을 돌이켜보자
어떤 상황이 첫사랑의 감정을 불러일으켰는지를 들여다보자.

• 과거의 사랑은 지나간 사랑일 뿐이다
현재의 상황을 직시한다. 지금은 과거의 나와 다른 더 성숙한 내가 있다.

• 과거의 사랑은 털어버리자
현재 남자친구가 있거나 앞으로 구하려고 한다면 현재의 사랑에 대해서만 집중한다.

영원히 공주로
남고 싶어요

G양의 어머니는 나를 보자마자 가슴을 치며 답답해했다.

"아이구! 이년이 글쎄 그 귀한 아이가 들어섰는데 아이를 떼겠다고 난리예요. 제발 마음 좀 돌리도록 해주세요."

이야기를 들어보니 어머니는 외동딸인 그녀를 하나에서 열까지 모든 것을 다 해주며 키웠다. 결혼하기 전에 G양이 한 일이라곤 예쁘게 화장하고 꾸미는 것이 다였다. 한 번도 손에 물을 묻혀 설거지를 한다거나 집안 청소 같은 일을 한 적이 없었다. 심지어 가정부가 그녀 방 청소까지 도맡아 해준 모양이었다.

이렇게 귀하게 자라 제멋대로일 것 같지만 G양은 아주 귀염성 있는 아가씨였다. 그래서인지 선을 본 남자들은 다들 결혼하고 싶다는 뜻을 밝혔다. 하지만 그녀는 누구에게도 확답을 해주지 않았다. 그저 만나자면 부담 없이 만나기만 했다. 여러 명을 동시에 만나다 그중에서 가장 조건 좋은 사람을 고를 심산이었다. 그러면서 늘 입버릇처럼 "나는 사랑만 가지고는 절대 결혼하지 않을 거야. 모든 조건을 갖춘 사람하고 결혼할 거야"라고 말했다.

처음 만난 남자는 제법 이름 난 프로 운동선수였다. 한창 기대를 모으는 유망주라 나이에 비해 연봉도 높았다. G양은 그 점이 마음에 들었다. 하지만 학벌도 걸리고 무엇보다 운동선수라는 점이 불안했다.

두 번째 만난 남자는 외국에서 박사 과정을 밟고 있는 유학생이었다. 조건을 따진다면 나무랄 데가 없었다. 인물은 약간 빠지지만 집안 좋고 학벌 좋고 사람까지 좋아서 신랑감으로 더할 나위 없었다. 하지만 신랑이 박사 과정을 마칠 때까지 6개월 정도 기다렸다 결혼해야 한다는 것이 마음에 걸렸다.

사실 6개월은 긴 시간이 아니었다. 하지만 G양은 달랐다. 바로 위 오빠가 얼마 전에 결혼했고, 또 가장 친한 친구마저 최근 결혼했기 때문이다. 그녀는 갑자기 자신만 뒤처진다는 생각에 무언가에 쫓기는 기분을 느끼고 있었다.

결국 G양은 다시 선을 보았다. 그리고 앞서 만난 사람들에 뒤지지 않는 사람을 만났다. 대기업에 근무하는 엘리트로, 집안도 괜찮고 학벌도 좋았다. 게다가 다섯 살이나 연상이었기 때문에

이미 아파트까지 다 장만해 둔 상태였다. 궁합도 좋다고 했다. 이런 신랑감 놓치면 두고두고 후회한다고 점쟁이가 거듭 강조했다.

남자 쪽은 결혼이 늦은 편이라 아주 적극적이었다. 두 사람은 거의 날마다 만났다. 하루에도 수십 번의 통화가 이어졌다. 이렇게 석 달 정도 연애하면서 G양은 이 남자야말로 자신을 행복하게 해줄 모든 조건을 갖췄다는 확신이 들었다. 그리고 마침내 결혼을 결심했다.

그런데 문제는 결혼한 뒤였다. 허니문 베이비가 생겨버린 것이다. 임신했다는 사실을 안 순간, 그녀는 남편이 갑자기 미워졌다. 사실 G양은 이렇게 일찍 아이를 갖고 싶은 마음이 없었다. 그 부분에 대해서 이미 결혼 전에 남편과도 의논해 둔 상태였다.

뜻하지 않은 임신으로 미처 생각지 못한 일이 급작스레 닥쳐오자 G양은 불안해졌다. 살이 찌고 몸이 불어 여자로서 매력이 사라지는 걸 생각하는 것만으로도 견딜 수 없었다. G양은 늘 사랑받고 대접받는 공주이고 싶었지, 아이를 키우는 평범한 엄마로 산다는 것은 상상도 해본 적이 없었다.

G양은 결혼은 하고 싶었지만, 결혼 이후의 생활이 혼자 살 때와 달라서는 안 된다고 생각하고 있었다. 결혼하면 남편에게 더욱 사랑받고 경제적으로도 풍요로워져서 싱글일 때보다 더 하고 싶은 대로 하며 살 줄로만 알았던 것이다. 사실 G양의 어머니는 그때까지도 바로 곁에 살면서 반찬과 빨래 등을 모두 해주

고 있는 상태였다.

G양은 결혼이 자신의 젊음과 자유를 빼앗아간다고 생각하며 갑자기 모든 것에 싫증을 냈다. 무엇보다 자신을 이렇게 만든 것이 남편이라고 생각하기 시작하면서 결혼 자체를 후회하게 됐다.

책임은 거부하는 그녀

G양은 결혼은 했지만 계속 결혼 전의 상태, 다시 말해 사랑과 관심을 받는 딸로 남고 싶어하는 경우다. 결혼에 따르는 책임과 의무는 전혀 받아들이지 않은 채 결혼이 주는 혜택에만 관심을 두는 것이다. 한마디로 '남편에게서 사랑과 관심을 받는 것은 좋다. 동시에 결혼 전에 누리던 처녀로서의 권리도 똑같이 행사하겠다. 그러나 결혼에 따르는 의무는 싫다'는 것이 G양 생각의 핵심이었다.

이런 딸 때문에 눈물을 흘리는 어머니를 보면서 나는 한편으로 자업자득이라는 생각이 들었다. 어릴 때부터 딸에게 베풀기만 했지 책임과 의무를 가르치지 않은 것은 바로 어머니 자신이었기 때문이다. 요즘 대개의 가정이 한 자녀를 두고 있는데, 부모의 태도를 보면 그 아이들이 자라서 제대로 부모 역할을 할 수 있을지 걱정스러울 지경이다.

어쨌든 결혼하기 위해 가져야 할 가장 중요한 마음가짐은 바로 '책임지려는 자세'이다. 여자가 결혼을 했는데도 처녀 적에 만나던 남자친구를 여전히 만난다거나, 남자의 경우 총각 때 하던 대로 술집에서 밤을 지새운다거나 하는 행동은 '책임감의 결여'에서 비롯된 것이다.

만약 G양이 지금과 같은 태도를 계속 이어간다면 집안에서 자신의 입지가 현격하게 좁아질 가능성이 있다는 사실을 명심해야 한다. 책임을 계속해서 회피하다 보면 자신의 권리까지 사라질 수 있다는 것은 어찌 보면 당연한 결과일 것이다.

마음 분석 노트　공주병에서 벗어나기

• 남녀간의 만남에는 책임이 뒤따른다는 것을 알자
그것은 남자든 여자든 마찬가지이다. 받기만 하는 사랑은 드라마에서나 나오는 이야기다.

• 결혼 전 서로의 책임감을 점검하자
결혼한 이후 서로에게 주어질 역할에 대해 충분히 알고 있는지 충분히 질문을 던져보라.

• 때로는 하기 싫은 일이라도 참을 수 있어야 한다
작은 것부터 단계적으로 자신이 할 수 있는 만큼 책임지려는 태도를 조금씩이라도 키우려고 노력하라.

나보다 잘난 남자는 싫어요

H양은 아직 젊지만 학원가에서 한창 이름을 떨치고 있는 외국어 강사다. 자신의 일이 무엇보다 먼저라 어찌 보면 워커홀릭이 아닐까 싶을 정도로 새벽부터 밤늦게까지 강의하느라 늘 시간에 쫓긴다.

이렇게 능력 있고 돈도 잘 벌고 매사에 열심인 그녀에게는 말 못할 고민이 하나 있다. 다름 아니라 남자를 고르는 데 어려움을 겪고 있었던 것이다. H양은 자기보다 뛰어난 상대에게는 도저히 매력을 느끼지 못한다고 했다.

그녀는 학원가에서 일하고 있어서 주위에는 흔히 말하는 화이트칼라가 대부분이다. 그런데 문제는 H양 눈에 그들이 너무

나약하고 박력 없어 보이는 데 있었다. 그래서 언제나 '화이트 칼라보다는 블루칼라가 더 좋다'고 입버릇처럼 말해 왔다.

그런 H양에게 드디어 남자친구가 생겼다. 어느 일요일 밤, 클럽에 놀러간 그녀는 거기서 춤을 추고 있는 한 남자를 만났다. 보는 순간 매력을 느낀 그녀는 그와 함께 춤을 추었고 결국 사랑에 빠졌다. 하지만 상대 남자는 하는 일 없는 백수였다.

H양은 무엇이든 일단 시작하면 끝장을 보는 타입이었다. 연애도 예외는 아니었다. 그녀는 날마다 전화를 걸고 문자를 보냈다. 하루라도 그를 보지 않으면 견딜 수가 없었다. 그녀는 늦은 시간에도 그가 혼자 지내는 오피스텔을 찾아갔다.

처음에는 그도 제법 사랑에 열심인 듯했다. 하지만 이 남자는 무엇이든 오래 지속하지 못하고 금세 싫증내는 사람이었다. 역시나 그의 태도가 서서히 바뀌기 시작했다. 그녀가 전화해도 심드렁하게 받기 시작하더니 언제부터인가는 대놓고 그녀를 귀찮아하고 무시하기 시작했다. 하지만 그럴수록 그를 향한 H양의 집착은 이상하리만큼 더 심해졌다. 그녀는 못난 그가 자기를 거부한다는 것 자체를 도저히 용납할 수 없었지만 평소와는 다르게 자존심까지 꺾어가며 비굴할 만큼 그의 비위를 맞추려고 노력했다.

그러던 어느 날, 마침내 그의 오피스텔에서 "너에게 더는 아무런 감정이 없어. 너라는 존재는 날 귀찮게만 할 뿐이야"라는 말을 듣고 H양도 더는 참을 수 없었다. 그날로 둘의 관계는 끝이 났다.

그와 헤어지고 나자 견딜 수 없는 외로움이 밀려왔다. 그토록 열심이던 일도 손에 잘 잡히지 않았다. 그러다 일과를 마치고 집에 가는 길에 근처 바에 들렀다. 거기서 단골 미용실의 남자 헤어드레서를 만났다. 자연스레 두 사람은 함께 술을 마시게 되었고, H양은 외로움을 잊고 싶어서 평소보다 술을 더 많이 마셨다. 어느새 제정신을 놓을 만큼 술에 취해버린 그녀에게 헤어드레서가 집까지 데려다주겠다고 했다.

다음날 새벽, 눈을 떴을 때 H양은 낯선 방안 풍경에 깜짝 놀랐다. 게다가 옷을 입지 않은 자신의 곁에 역시 아무것도 입지 않은 헤어드레서가 누워 있었던 것이다. 그녀는 허겁지겁 옷을 챙겨 입고 밖으로 나왔다. 평소에 호감도 없던 남자와 하룻밤을 보냈다는 사실에 스스로에게 실망감이 치밀어올랐다.

그녀에게 남자는 경쟁상대

H양은 겉보기에는 무척 적극적이고 자신감이 넘쳐 보이지만 사실 그렇지 않다. 오히려 안에는 열등감도 많고 자신의 능력에 회의를 느끼는 때가 많다. 이런 내면적인 열등감이나 회의감을 감추고자 오히려 더 열심히 일하는 것이다.

주위에서 이런 워커홀릭을 쉽게 찾아볼 수 있다. 이런 성향이 너무 지나친 경우에는 원만한 대인관계에 많은 지장을 불러오기도 한다. 특히 일 때문에 연인 사이가 깨어질 정도라면 그 밑바탕에는 반드시 자신의 감정적인 문제가 워커홀릭이라는 포장으로 은폐되어 있는 경우가 많다.

H양은 외동딸이어서 집에서는 자연스레 그녀에게 아들 역할을 기대했다. 그녀의 아버지는 제사를 지낼 때면 반드시 그녀와 함께했다. 이런 아버지의 기대는 무의식중에 그녀로 하여금 남자 역할을 하도록 영향을 미쳤고 어느새 그녀는 남자들을 경쟁 상대로 여기게 되었다. 이런 경쟁의식은 그녀도 모르는 사이에 능력이 뛰어나거나 강한 남자를 두려워하거나 기피하게 만들었다. 같은 맥락에서 무능력하거나 나약한 남자들은 그녀의 경쟁의식을 건드리지 않았다. 또 은근히 그녀의 능력을 인정해 주기도 했다. 그러다 보니 자연스레 H양은 이런 남자들에게 끌리게 되었던 것이다.

이러한 패턴은 남성의 경우도 예외는 아니다. 여성에 대한 경쟁의식이 해결되지 않은 남자들은 누가 봐도 자기보다 훨씬 못한 여성을 만나는 경우가 많다. 아내가 자기보다 뛰어나다는 사실을 죽어도 받아들일 수 없기 때문이다. 마찬가지로 열등감이 해결되지 않은 남자가 그 마음을 보상받고자 자신보다 훨씬 뛰어난 상대를 찾는 경우도 있다. 둘 다 근본적인 문제가 해결되지 않으면 훗날 심각한 갈등을 겪을 수 있다.

이러한 갈등을 미리 예방하기 위해서는, 자신 내면에 존재하는 열등감의 실체를 명확하게 규명할 필요가 있다. 그래야 일중독으로 자신을 힘들게 하고 혹사시키는 습관에서 벗어날 수 있다. 뿐만 아니라 더 나아가서는 자기보다 못한 상대와 사랑에 빠지는 습관적인 패턴에서 벗어날 수 있다.

무능력하고 백수인 남자들이 순간 그녀의 욕구를 충족시켜 줄 수 있을지는 몰라도, 나중에 그들과 커플이나 부부가 된 뒤에는 상대의 열등감까지 고스란히 떠맡을 확률이 높다. 연애할 때는 그 남자보다 자신이 우월하다는 것이 스스로의 자존심을 강화시켜 줄 수 있지만, 결혼한 뒤에는 자신의 남편이 열등하다는 사실이 스스로를 부끄럽게 만들 수도 있다.

마음 분석 노트 사랑만큼은 남자와 경쟁하지 않기

• 남자를 어떻게 생각하고 있는지 자신의 무의식을 들여다보자
알게 모르게 집에서 아들 역할을 해야 한다고 생각한 적은 없는가?

• 열등감의 원인을 파악하자
인생에서 가장 억울했거나 화가 났던 감정 세 가지 정도를 적어보자.

• 나중에는 상대가 부끄러워질 수 있다
사귈 때는 상대의 열등함이 자신의 우월감을 보장해 주지만, 결혼한 뒤에는 그 열등감까지 내가 떠안게 된다는 것을 잊지 말자.

나의 소울메이트는
어디에 있나요?

I양은 7남매 중 막내로 태어났다. 아버지는 학교에서 아이들을 가르쳤는데, 독실한 천주교 신자였다. I양의 아버지와 어머니는 피임이 천주교 교리에 어긋난다고 믿었기에 아이를 많이 낳게 되었던 것이다.

I양은 워낙에 귀여운 늦둥이 막내딸이었기 때문에 온 가족의 사랑을 독차지했다. 애교도 많고 사랑스러웠던 그녀는 온 가족의 마스코트 같은 존재였다.

이렇게 온 가족의 관심과 사랑 속에 자라던 I양이 고등학교 1학년이 될 무렵 가족들에게 커다란 변화가 찾아왔다. 온 가족이 미국으로 이민을 가게 된 것이다. 하지만 I양은 곧 현지에 적응해 학교에서도 인기 많은 여학생이 되었고 지역 신문에 소개 될 만큼 공부도 잘했다.

어찌 보면 이렇듯 재주 많은 그녀가 대학을 졸업하고 방송계 로 진출하게 된 것은 자연스러운 일이었다. I양은 곧 지역 방송 국에서 유명한 리포터가 되었다. 지역 명사들을 차례로 만났고 때로는 외국 대통령이나 대사들을 인터뷰하기도 했다. 우리나 라 대통령이 미국에 갔을 때도 그녀와 인터뷰를 할 정도였다.

I양은 워낙에 귀티 나고 예쁜 사람이었다. 사람들 사이에서 그녀는 '동양의 진주'로 통했다. 외모만 매력적인 것이 아니라 방송을 만들고 기획하는 데도 뛰어난 소질이 있었다. 그래서 나 중에는 리포터뿐 아니라 아예 프로듀서로서 방송 제작까지 맡 게 되었다. 덕분에 I양은 눈 코 뜰 새 없이 바빴다.

자신의 일에 만족하고 있는 그녀였기에 남자 사귀는 일에는 별 관심이 없어 보였다. 주변 사람 소개로 몇 번씩 선을 봐도 눈 에 차는 사람을 찾기 힘들었다. 이미 남자를 보는 그녀의 눈은 하늘을 찌르고 있었기 때문이다. 사실 그럴 수밖에 없는 것이 방송에서 만난 대다수의 사람들이 모두 성공했거나 사회적으로 높은 위치에 있는 사람들이었다. 그들과 어울리며 I양은 자기도 모르는 새 또래의 웬만한 남자들을 시시하게 여기게 되었던 것 이다.

한편으로는 성공한 남자들을 보면서 자신과 취향도 같고 모 든 것이 통하는 이상적인 상대가 언젠가 나타날 것이라고 생각했다. 머릿속에 이상형을 그려놓고는, 그 기준에 맞는 상대만을 기대하느라 남자가 자신의 기준에 조금이라도 어긋나면 아예 차단하는 극단적인 태도를 가졌던 것이다.

그렇게 I양이 방송에 빠져서 시간을 보내는 사이 순식간에 12년 이라는 세월이 흘렀다. 그러는 동안 I양도 어느새 40대를 바라보게 되었다. 갑자기 외로움과 고독이 그녀를 찾아왔다. 주위를 둘러보니 젊은 시절에 만났던 남자들은 모두 사회에서 자리 잡고 결혼해서 안정을 찾은 모습이었다.

그럼에도 여전히 I양은 남자를 고르는 기준을 낮추지 못하고 있다. 그녀 나름대로 기준을 전면 하향 조정했다고 하는데도 말이다.

자기 중심주의와 나르시시즘에 빠진 그녀

어린 시절에 지나치게 사랑이 결핍되는 것도 문제지만 반대로 지나치게 사랑받는 것도 인간관계에서 문제를 일으킬 수 있다. 자기중심적으로 자랄 가능성이 있기 때문이다. 이런 경우어른이 된 뒤에도 항상 자기 자신만 특별하게 대접받기를 원하는 경향이 크다. 하지만 어떠한 상대도 어린 시절 부모가 사랑해 주듯이 그렇게 특별한 사랑을 지속적으로 줄 수는 없다.

I양은 자기도 모르는 사이에 자기가 세상에서 가장 뛰어난 여성이라는 나르시시즘에 빠진 것이다. 그녀에게 자신이 원하는

배우자 조건을 한번 적어보라고 한 적이 있다. 다 적어놓은 걸 헤아려보니 스물여섯 가지가 넘었다. 이 정도의 조건을 모두 채워줄 수 있는 사람은 그녀가 젊었을 때 또래에서는 찾을 수 없는 것이 당연해 보였다.

물론 I양은 특이한 경력을 지닌 조금 특별한 예일 수 있다. 하지만 우리 주변에도 이와 비슷한 경우가 많다. 직업의 특성상 늘 선망의 대상이 되는 남자들하고만 접하다 보니, 어느새 배우자를 고르는 기준이 높고 까다로워져서 쉽게 사랑을 이루지 못하는 것이다.

이런 상황에서는 스스로가 자기중심적이며 배우자를 고르는 기준이 지나치게 높고 까다롭다는 것을 깨닫기 전에는 문제를 해결하기 힘들다. 물론 능력 있고 독립적인 여성이라면 독신으로 지낼 수 있다.

자신이 원하는 상대를 미화하고 이상화한 뒤에 끊임없이 그를 그리워하고 기다리는 태도를 갖고 있으면 막상 이상적인 상대가 눈앞에 나타난다고 해도 그동안 키워온 환상이 너무 커서 오히려 실망할 확률이 높다.

이렇듯 이상적인 상대에 대한 기대는 흔히 말하는 '소울메이트'의 형태를 띠는 경우가 많다. 나이가 들면서 우리는 이상적인 관계는 현실이라는 파도에 침식당할 수 있다는 것을 명심해야 한다.

불행 중 다행으로, I양에게는 주위 사람들과 좋은 관계를 유지하는 능력이 있다. 만약 그녀가 자신의 나르시시즘을 조금만 완화할 수 있다면, 그녀와 좋은 관계에 있는 주변 사람들을 통해 지금이라도 어울리는 사람을 만날 가능성이 충분하다.

자기중심적으로 생각하지 않기

• 자기중심주의와 나르시시즘은 서로 통한다

'좋은 조건을 다 갖춘 내가 왜 그만한 남자를 못 만나는가'라는 생각은 지나친 나르시시즘일 때가 많다.

• 자신이 원하는 남성상을 구체적으로 적어보자

그리고 그 조건을 만족시키는 대상이 현실적으로 가능한지 곰곰이 생각해 보자.

• 상상 속 조건을 충족하는 남자를 현실에서 만나긴 힘들다

필요하다면 자신이 가지고 있는 기준들을 과감하게 하향 조정할 필요가 있다.

내 남자는 내 손으로
바꿀 거야

J양은 서울에서 간호대학을 갓 졸업하고 지금 지방의 한 시립병원에서 간호사로 일하고 있다. 나이팅게일처럼 환자들을 위해 봉사하려는 열정에 가득 차 서울의 시설 좋은 병원들을 마다하고 가난한 환자들을 돌보는 지방의 요양 병원에 자원한 것이다.

사실 이 요양 병원은 대부분 오기 꺼리는 곳이었다. 이곳에서 일하는 의사나 간호사도 어쩔 수 없다는 마음이다 보니 환자를 대하는 태도가 불친절하기 짝이 없었다. 그러다 보니 희생정신에 불타는 J양은 자연스레 병원 내에서 '천사표'로 통하게 되었다.

그러던 어느 날 그녀는 내과 만성 병동을 돌다가 입원 중인 한 노인 환자를 곁에서 간호하는 청년을 보게 되었다. 청년은 환자의 아들로 가난한 대학생이라고 했다. J양은 그 노인과 아들이 가엾게 여겨져 진심으로 노인 환자를 돌봐주었다. 그런 그녀의 모습에 아들도 감동받은 눈치였다.

하지만 노인은 이런 보살핌에도 세상을 뜨고 말았다. 그런데 노인이 죽은 지 일주일 정도 지나 청년이 그녀를 찾아왔다. 장례식을 마치고 왔다는 청년은 J양에게 그동안 아버지를 헌신적으로 돌보아준 데 진심으로 감사를 표했다.

알고 보니 청년은 그녀보다 한 살 위였지만 집안이 어려워 겨우 학업을 이어가느라 아직 대학에 다니고 있었다. 머리가 좋은 편이라 공부는 잘하고 영민해 보였지만, 가난 때문에 사람이 찌들어 있었다. 불공평한 사회에 강한 분노와 원망감도 가지고 있는 듯 보였다.

J양은 청년에게 강한 연민의 정을 느꼈다. 똑똑한 사람이니 내가 좀 밀어주면 큰 인물이 될지도 모른다는 생각으로 청년에게 손을 내민 J양, 청년도 그녀의 손을 덥석 잡았다. 두 사람은 데이트를 하는 사이가 되었고, 마침내 결혼하기에 이르렀다.

당연히 청년의 상황을 아는 주변에서는 모두 나서서 결혼을 말렸다. 하지만 자존심이 세고 이상주의자였던 J양의 귀에는 아무 말도 들리지 않았다. 오히려 그럴수록 청년이 더욱 안쓰럽게 느껴졌다. J양은 다시 한 번 이 남자를 지켜주겠다고 다짐했다.

"내가 꼭 그 사람을 성공시켜야지. 그 남자가 나 때문에 잘된다면 너무 행복할 것 같아"라고 생각하며 뿌듯해했다.

평강공주 콤플렉스의 그녀

사실 당시 J양의 집안도 그리 좋은 편은 아니었다. 아버지의 무능함으로 가족 모두가 고생하고 있었다. 그녀의 아버지는 똑똑한 사람이었지만 사회생활은 영 형편없어서 평생 술만 마시면서 가족들을 괴롭혔다.

생계는 자연히 어머니의 몫이었다. 아버지와 정반대로 억척스러운 생활력을 갖게 된 어머니는 시장에서 장사를 하면서 집안을 꾸려나갔다. 또 하나밖에 없는 오빠는 대학에 들어갈 무렵 정신분열증으로 입원과 퇴원을 되풀이하고 있었다. 나약하고 무능한 아버지와 억세고 생활력 강한 어머니 사이에서 자란 그녀는 이 모든 상황에도 굴하지 않고 바르게 컸다. 그리고 어려운 환자들을 돌보는 것을 천직으로 삼고 열심히 일하다가 청년을 만난 것이다.

아버지를 간호하던 청년에게서 연민을 느낀 것은 어쩌면 불쌍한 자신에 대한 동정에서 비롯된 감정일 수도 있다. 그 고학생은 불쌍한 아버지나 오빠의 상징이기도 하다.

물론 J양이 이 가난한 청년을 진심으로 사랑해서 자신을 희생하면서까지 뒷바라지를 하겠다는 마음이 나쁘다는 이야기는 아니다. 하지만 순수한 그녀의 의도와는 달리 상대가 이를 어떻게 받아들이느냐가 문제의 관건이다. 만약 이 고학생이 열등감이 많아 도움을 받는 데 자격지심을 느낀다면 두 사람 사이에 갈등이 생길 가능성이 크다. J양이 온갖 힘을 다해 뒷바라지를 해주는데도 상대방은 "돈 좀 대준다고 매사에 잘난 체하고 큰소리치면서 나를 무시한다"라는 반응을 보일 수도 있는 것이다.

사실 이런 관점에서 보면, 평강공주는 바보온달을 용맹한 장수로 성공시킴으로써 자신의 욕구를 충족시키고 아버지에 대한 자존심을 세울 수는 있었지만, 정작 온달 장군은 젊은 나이에 전쟁터에서 목숨을 잃어야 했다.

그리고 여기서 꼭 한 가지 명심해야 할 것이 있다. 누군가의 인생에서 언제까지나 평강공주 역할만 할 수 없다는 것이다. 그 사람에게 종속되지 않으면서 자신의 세계를 독립적으로 발전시켜 나가는 것이 무엇보다 필요하다.

꼭 평강공주의 경우가 아니더라도 사람들은 누구나 상대방을 자신이 원하는 방향으로 바꿀 수 있다는 환상을 가지는 경우가 많은 것 같다. 또 주위 사람들조차도 이러한 경향을 부추기는 것을 볼 때도 있다. 특히 신혼부부들이 작은 문제로 다투면 주변에서는 이렇게 충고한다. "처음부터 길을 잘 들여야지, 그렇지 않으면 평생 후회한다" "처음에 버릇을 다잡아야지 아이를 낳으면 그때는 이미 늦어"라는 식으로 말이다.

하지만 아무리 상대방을 좋은 쪽으로 변화시키려고 노력하는 행위라고 할지라도, 그 밑바탕에 자신의 욕심이나 바람이 너무 강하게 자리 잡고 있다면 그것은 반드시 갈등을 낳게 될 가능성이 크다. 상대방은 그것을 자신 고유의 주체성에 대한 위협으로 받아들일 수 있기 때문이다.

평강공주 콤플렉스에서 벗어나기

• 사람을 변화시킨다는 것은 생각보다 훨씬 힘든 일이다

좋은 의도로 시작한 행동이 상대에게는 속박이 될 수 있다.

• 평강공주가 되려는 심리가 무엇인지 스스로에게 물어보자

자신의 죄책감이나 열등감을 상대에 대한 헌신으로 대신하려는 심리가 무의식중에 작용하고 있는 것은 아닌가?

• 결과를 감당할 수 있어야 한다

상대가 자신이 원하는 대로 되지 않아도 실망하지 않을 각오가 되어 있어야 한다.

모든 남자의 시선은
언제나 나의 것

스물아홉의 K양은 누구보다 자신의 일에 충실하고 자신감도 넘치는 전문직 여성이다. 얼굴도 예뻐서 대학 때 남자들의 관심을 한 몸에 받았다. 여럿이 미팅을 나가도 늘 인기를 독차지했고, K양을 한 번이라도 본 남학생들은 누구나 그녀와 데이트하고 싶어 안달이었다.

마음이 여린 그녀는 남학생들의 데이트 신청을 다 받아주었다. 무엇보다 그런 관심이 싫지 않았고 딱히 정해진 남자친구도 없었기에 별 문제가 되지 않는다고 여겼다. 그래서 그녀 주위에는 늘 남학생들이 끊이지 않았다. K양은 그들 모두를 친구로 여겼지만, 그녀를 만나는 남자들은 대개 그녀가 자기만을 사랑한다고 믿고 있었다.

상황이 이쯤 되다 보니 K양은 여자 동기들에게 미움을 받았다. 그녀가 아무 남자나 가리지 않고 유혹하는 꽃뱀 같은 존재라는 소문도 났다. 같이 잔 남자가 열 손가락을 넘어간다는 소문도 있었다. 아무리 K양이 아니라고 해도 그녀의 말을 믿어주지 않았다. 이렇듯 여자 동기들의 시샘과 모함에 지친 K양은 결국 졸업하고 자신의 전문 분야를 살릴 여유도 없이 지방으로 내려가 직장을 구하게 되었다.

그녀 입장에서는 억울하기 짝이 없는 일이었다. 하지만 너무 지쳐버린 K양은 그저 안정을 취하고픈 마음뿐이었다. 비록 지방이었지만 그녀를 인정하는 회사에서 만족스런 대우를 받으며 그럭저럭 잘 지낼 수 있었다.

어느 정도 안정을 찾아갈 무렵, 서울에서 급하게 그녀를 찾는다는 전갈이 왔다. K양의 빼어난 미모와 능력을 눈여겨보던 한 선배가 그녀를 새로 오픈하는 회사에 소개했던 것이다. 안 그래도 지방에서 지내는 데 염증을 느끼던 그녀는 한달음에 서울로 올라갔다.

하지만 새로 들어간 회사도 예외는 아니었다. 그녀를 둘러싸고 남자들이 가만있지를 못했다. 맨 먼저 회사 사장이 그녀에게 다가왔다. 이미 40대를 넘어선 중년이었고 열아홉 살이나 많은 남자였다. 하지만 영화배우 뺨칠 만큼 외모도 근사했고 경제적으로도 능력이 있었다.

믿음직하고 편한 그에게 K양은 점점 긴장을 풀었고 급기야 같이 자는 사이로 발전했다. 사장을 손에 넣은 그녀는 이제 회사에서 자신의 영향력을 마음 놓고 행사하게 되었다. 신입사원을 뽑는 문제부터 새로 여는 매장의 벽지 색깔까지 자기 뜻대로 하려 들었다.

사장도 처음에는 그녀가 원하는 대로 다 해주었다. 하지만 그녀의 요구는 점점 도를 넘어서고 있었다. 특히 함께 일하게 될 여자 직원에 대해 너무 예민하게 반응했다. 모든 직원들이 다 좋다고 해도 그녀가 퇴짜를 놓으면 방법이 없었다. 참견하는 정도가 지나쳐 회사 운영이 안 될 지경이었다.

그제야 사장은 문제의 심각성을 깨닫기 시작했다. 이런 상태로는 도저히 회사를 제대로 운영할 수 없겠다는 판단이 섰다. 게다가 사장하고 트러블이 생기거나 감정이 상해서 외로워지면 K양은 바로 밑에 있는 젊은 남자 직원들에게 고민을 털어놓으면서 하소연을 했다.

이것이 더욱 문제를 꼬이게 했다. K양은 미혼의 과장에게 눈물을 흘리면서 당신이야말로 나를 사랑해 줄 적임자라는 말을 서슴없이 했다. 비단 그 과장뿐만이 아니었다. K양은 모든 남자들로 하여금 자신이야말로 그녀의 사랑을 받을 적임자라는 생각을 갖게 했다.

참으로 모순되지만, 이런 K양이 회사에서 쫓겨난 까닭은 바로 '주위 모든 남자들에게 사랑받고 싶어하는 욕심' 때문이었다. 그녀가 자신을 사랑한다고 믿었던 모든 남자 직원들이 그녀의 마음이 사실이 아닐지도 모른다는 의문을 품기 시작하면서 그녀에게 등을 돌렸기 때문이다. 물론 거기에는 모든 지원을 아끼지 않던 사장도 포함되어 있었다.

사랑과 미움의 양가감정을 갖고 있는 그녀

K양은 겉으로는 남자들을 지나치게 사랑하는 것 같지만, 마음 깊은 곳에서는 오히려 남자들을 지나치게 미워하고 있다. 이런 사례는 어린 시절 아버지와의 관계가 원만하지 못한 여성에게 자주 나타난다. 아버지는 아이가 태어나서 처음으로 겪는 이성이다. 아버지와의 관계에서 충분한 애정을 받지 못했다면 성인이 되어서도 남자와의 관계가 불안정할 수 있다.

사실 그녀는 어린 시절부터 아버지를 몹시 미워하고 못미더워했다. K양이 지닌 온갖 장점에도 그녀의 아버지는 그녀에게 무관심하고 차가웠던 탓이다.

게다가 그녀의 부모는 여섯 살배기 그녀를 외갓집에 맡기고 외국으로 유학을 떠났다. 그나마 다행인 것은 외할머니가 K양을 진심으로 사랑하고 칭찬해 주었다는 것이다. 그녀가 학업에서 성취를 이룰 수 있었던 것도 다 외할머니의 이러한 격려 덕분이라고 할 수 있다.

한편 그녀의 아버지에게도 나름의 사정이 있었다. 어려서 부모를 모두 잃은 아버지는 외갓집에서 눈칫밥을 먹고 자랐다. 본인이 따뜻한 사랑과 관심을 받아본 적이 없다 보니 그녀에게도 그럴 수밖에 없었던 것이다.

이런 사정을 알지 못한 채 K양은 아버지의 태도에 상처받고 자신에 대한 자신감을 잃어갔다. 아버지를 향한 분노는 정도를 넘어, 그녀는 자신의 몸 안에 아버지의 피가 흐른다는 사실 자체도 견디지 못하고 있었다.

그러나 역설적으로 K양은 아버지를 미워하면서도 끊임없이 아버지의 사랑을 원하고 있었다. 다시 말해, 그녀가 열아홉 살이나 연상인 유부남 사장에게 빠진 것은 아버지를 미워하는 것 이상으로 강렬하게 아버지의 사랑을 원하고 있었기 때문이다.

이와 같이 한 남자의 사랑으로 만족하지 못하고 여러 남자에게 사랑을 갈구할 때는 가장 사랑받아야 할 대상에게 충분히 사랑받지 못한 경우가 많다. 이러한 경향이 해결되지 않으면, 자칫 결혼한 뒤에도 배우자 한 사람에게 만족하지 못하고 '외도'할 확률이 높다.

결국 외도를 하는 심리의 밑바탕에는 사랑받고 싶다는 욕구가 너무 커서 한 사람으로는 만족할 수 없다는 지나친 욕망이 꿈틀거리고 있는 것이다.

주변에서 부인이나 남편이 바람을 피웠다고 이혼소송을 제기하는 경우를 흔하게 볼 수 있다. 그러나 부인이든 남편이든 간에 자기 내면의 문제를 해결하지 못한 채 상대방에게서 만족을 얻지 못한다고 느낀다면 항상 외도의 위험성이 존재한다고 보아야 할 것이다.

 ## 남자에 대한 감정 진단하기

• 마음속의 외로움과 공허함의 원인을 파악하자
아무리 많은 남자한테 사랑과 관심을 받는다고 해도 마음속 사랑의 결핍은 해결되지 않는다는 걸 기억하라.

• 사랑에도 결단력이 필요하다
자신의 우유부단한 태도로 인해 상대방은 자신을 사랑한다고 착각할 수 있다. 이런 경우 불필요한 스캔들에 휘말릴 수 있으니 태도를 분명히 하는 것이 중요하다.

• 부모님에 대한 감정을 정리하자
상대에 대한 미움을 풀기 위해서는 상대 또한 상처를 지닌 한 사람이라는 사실을 받아들여야 한다.

나를 버리고
사랑하진 마라

난 멋지고 잘생긴
그 남자의 팬클럽

A양은 서른한 살이다. 그녀는 결혼 때문에 엄청난 스트레스를 받고 있다. 선이나 소개팅을 할 때마다 자기 마음에 드는 남자하고는 잘 맺어지지 않기 때문이다.

그녀는 일단 한번 상대가 마음에 들면 누가 뭐라고 하든 그에게 집착하는데, 때로는 체면도 잊고 매달리는 경향이 있다. 상대 반응도 고려하지 않는 터라 그녀의 친구들이 "그러다 스토커 소리 듣지 않겠냐"고 걱정할 정도다.

상황이 이렇다 보니 A양은 자신이 제법 괜찮고 능력도 있는 여자라고 생각하면서도 지금껏 연애다운 연애를 해보지 못했다. 그저 상대의 수준이 낮아서 자신의 소중한 가치를 알아주지 못한다고만 생각했다. 가끔 남자 쪽에서 호감을 보이거나 사귀자고 할 때도 있었지만, 대부분 그녀 자신이 별로 호감을 느끼지 못하거나 싫어하는 스타일이라 마다했다.

그러던 어느 날 이상적인 남자가 A양 눈에 띄었다. 같은 회사에서 일하는 동갑내기 동료였는데, 인사발령이 새로 나 맞은편에 앉게 된 것이다. 그를 보자마자 그녀의 눈에서는 불꽃이 일었다.

그날 이후로 A양은 밤잠을 설치면서 여러 날 동안 고민하다 남자에게 데이트를 신청하는 메일 한 통을 보냈다. '금요일 저녁에 같이 영화 보러 갈래요?' 하고 말이다.

하지만 다음날 아침, 그녀와 마주친 그 남자의 얼굴은 평소와 전혀 다르지 않았고 그렇게 며칠이 후딱 지나갔다. 그녀는 초조해지기 시작했다. 더구나 이제 남자는 슬슬 그녀를 피하는 눈치였다.

참다못한 A양은 그를 잠깐 밖으로 불러내 대놓고 물었다. 왜 답장이 없냐고 말이다. 그랬더니 그가 실실 웃기만 하는 것이 아니던가. 자존심이 상한 나머지 사람 무시하냐고 목소리 높여 따졌더니 그제야 상황의 심각성을 깨달은 그 남자가 하는 말, "솔직히 말해서 저는 별로 관심이 없습니다".

순간 A양은 자존심이 무너졌다. 너무 속상하고 창피해서 그 길로 회사를 그만두고 싶을 지경이었다. 부랴부랴 조퇴를 한 그녀는 집에 와 눈이 붓도록 울었다.

사실 A양은 요즘 들어 부쩍 외로움과 소외감을 많이 느끼는 터라 한시라도 빨리 좋은 상대를 만나 결혼하고 싶다고 했다. 그래서 가끔 선이나 소개팅을 하지만 이상하게도 자기를 좋아하는 상대에게는 별로 매력을 느끼지 못한다고 했다. 어쩐지 자기를 좋아하는 사람한테는 무언가 결격 사유가 있을 것만 같고 능력도 없어 보인다는 것이 그 이유였다.

A양은 파트너를 찾는 데 슬슬 지쳐가고 있다. 자기를 못 알아보는 세상 모든 남자들 눈이 삐었다는 생각도 들고, 그러다 보면 세상이 원망스럽다. 어쩔 때는 자신을 더 예쁘게 낳아주지 않은 부모님을 원망하기도 한다.

더 나아가 요즘 A양은 회사뿐 아니라 나라 자체를 떠날 생각에 빠져 있다. 사랑받을 자격이 충분한 자신을 알아주지 않는 이 나라 남자들이 정말 싫은 것이다. 차라리 외국에 나가 아무런 제약도 없는 곳에서 제대로 평가받고 싶다. 그녀는 늦은 나이지만 이제라도 외국에 나갈 방법은 없는지 여기저기 알아보고 있다.

열등감이 불러온 감정의 일방통행

A양은 어릴 적부터 아버지에 대해 부정적이었다. 무엇보다 그녀의 아버지는 경제적으로 몹시 무능했다. 그래서 아버지는 열등감에 휩싸여 어머니를 많이 괴롭히고 때렸다. 그럴 때마다

그녀의 어머니는 어린 그녀 앞에서도 서슴없이 아버지에게 "미친 새끼!"라고 욕을 퍼붓기 일쑤였다.

A양 마음속에는 자연스레 남자에 대한 부정적인 생각이 자리 잡았다. 특히 그녀는 남성을 이분법으로 구분하는 경향이 있었다. 아버지처럼 좋지 않은 남성과 그렇지 않은 이상적인 남성, 이렇게 둘로 나누어 극단적으로 판단할 때가 많았다.

솔직히 그녀가 지닌 객관적인 조건들이 그렇게 좋은 편은 아니었기에, 그녀와 소개팅이나 선을 보러 나온 상대도 썩 좋은 조건은 아니었다. 하지만 좀 너그럽게 봐주면 충분히 좋은 사람들까지도 그녀는 심하게 평가절하했다.

특히 그런 상대가 자신에게 호감을 보이면 오히려 더 나쁘게 봤다. 마찬가지로 그녀가 호감을 느끼는 상대는 그녀와 맺어지기에 현실적으로 어려운 경우가 많았다. 그녀의 기준은 너무 높았다. 이러다 보니 A양의 사랑은 갈수록 일방적인 짝사랑의 형태를 띠는 경우가 많았다.

이런 반복되는 상황을 막기 위해서는 먼저 A양 스스로가 자신이 지닌 객관적인 기준을 받아들여야 한다. 지금도 나쁘지 않지만 냉정하게 이야기하자면 그녀의 외모나 학벌은 그렇게 뛰어난 편이 아니니 이를 인정해야 한다.

그녀가 좋아하는 남성들은 한결같이 인물이 빼어나고 학벌도 좋고 유학도 다녀왔다. 물론 그런 남성들과 좋은 관계가 맺어지면 다행이겠지만, 그런 조건을 충족하지 않는다고 해서 모두 형편없는 상대로 매도하는 까닭은 역시 그녀의 무의식적인 열등감에서 비롯되었다고 하겠다.

그렇다면 어떻게 해야 그녀의 무의식적인 열등감을 해결할 수 있을까? 과연 그녀가 지금 바라는 대로 외국에 나가 유학하고 오면 바라는 만남을 이룰 수 있을까?

열등감의 문제는 내면적인 것이다. 따라서 사람을 바라보는 A양의 사고방식을 바꾸는 것이 가장 시급하다.

마음 분석 노트 — 짝사랑에서 벗어나기

• 짝사랑의 심리적인 원인을 파악하자

짝사랑을 되풀이하는 까닭이 상대에게 있다고 생각하는 한, '짝사랑'은 결코 끝나지 않는다. 본인이 짝사랑에 빠지는 이유를 생각해 보자.

• 스스로 자신의 처지를 파악하자

가족들과 가까운 친구들의 충고에도 귀를 기울이자.

• 남자에 대한 생각을 바꿔보자

자신에게 호감을 보이는 남자가 생기면 마음에 들지 않더라도 한두 번은 꼭 데이트를 해보자.

유부남이
더 멋져 보여?

B양은 집에서 빨리 결혼하라는 독촉에 시달리고 있다. 둘째 딸인 그녀가 시집을 가야 한 살 아래 여동생이 결혼할 수 있다는 것이다. 하지만 정작 B양은 그럴 마음이 전혀 없다. 사실 그녀에게는 누구에게도 말하지 않은 비밀이 있었다. 같은 직장에서 일하는 부장과 불륜관계를 맺고 있었던 것이다. 문제는 그 부장이 열다섯 살이나 연상인 데다 이미 두 명의 아이가 있는 유부남이라는 데 있다.

부장은 여성에게 무척 친절하고 부드러운 사람이었다. 그녀가 직장에 들어가서 처음에 무척 힘들어할 때 진심으로 도와주려고 애를 썼다. 시간이 갈수록 B양은 그에게 좋은 감정을 느끼기 시작했다. 거기에는 단순히 이성끼리 느끼는 호감을 넘어 존경심도 있었다. 어느 순간부터 그녀는 그를 위해서라면 무엇이든 할 수 있을 것만 같았다.

부장은 워낙 능력이 있어서 회사에서도 널리 인정받고 있는 사람이었다. 한마디로 모든 사람에게 신뢰와 호감을 주는 남자였다.

시간이 가면서 부장을 향한 B양의 존경심은 어느덧 그를 그리워하고 사랑하는 감정으로 바뀌고 있었다. 그 감정이 깊어질수록 B양은 또래 남자들이 시시하게 보이기 시작했다. 원숙한 부장에 비하니 다들 미숙하게만 보였다. 그녀는 어떻게든 부장의 사랑을 독차지하고 싶었다. 그렇게만 된다면 마음의 허전함이 채워질 것만 같았다.

평소 그녀의 얼굴은 어두워서 얼핏 보면 마치 실연이라도 당한 사람 같았다. 하지만 부장은 그런 어두운 얼굴에 가려져 잘 보이지 않았던 그녀의 긍정적인 면까지 찾아서 격려해 주었다. 이런 부장의 격려를 받을 때마다 B양은 어려서 제대로 받지 못한 부모님의 격려와 사랑을 되찾는 느낌이었다. 그러다 보니 어느덧 부장은 그녀의 삶에서 없어서는 안 될 중요한 부분으로 자리했다.

어느 날, 가을 야유회가 끝나고 B양은 자연스럽게 부장의 차에 타게 됐다. 술에 취한 그녀를 부장이 집까지 바래다주겠다고 했던 것이다.

차를 타고 가면서 취기가 오른 그녀는 여러 가지 고민을 솔직히 털어놓고 이야기하다 자기도 모르게 감정이 북받쳐 울고 말았다. 그 눈물은 평소 그녀에게 연민의 정을 갖고 있던 부장의 마음을 뒤흔들기에 충분했다. 결국 그날 밤, 두 사람의 불륜은 시작되었다.

물론 B양도 가끔은 부장과의 관계가 부담스럽고 힘들 때가 있다. 그래서 때때로 주변에서 소개해 주는 선자리나 소개팅에 나가기도 했다. 하지만 그럴 때마다 자신도 모르게 사회적으로 이미 성공한 부장과 마주 앉은 사람을 비교하고는 했다. 그러다 보면 그들이 너무 우습게만 보였다. 그래서 B양은 이러지도 저러지도 못한 채 부장과의 관계도 정리 못하고 미혼으로 지내고 있다.

'조연'으로서 역할에 실망한 그녀

B양은 부모의 사랑이 부족하지는 않았지만 다른 형제만큼 충분히 받지 못했다는 상대적인 결핍감을 느껴왔다. 어린 시절부터 그녀는 늘 관심의 '두 번째' 대상이었다. 언니 옷을 물려받느라 한 번도 새 옷을 입어본 적이 없었다.

인생에서 가장 기억에 남는 첫 기억을 떠올려보라는 내 질문에 B양은, 어릴 적 동네 꼬마가 타던 장난감 자동차가 너무 부러웠지만 차마 엄마에게 사달라는 말을 못한 채 마냥 바라보기만 했던 기억을 꺼내놓았다.

그녀는 자신이 조연 취급을 받는 데 내심 많은 불만을 갖고 있었다. 하지만 그걸 드러내놓고 표현하거나 요구하지는 못했다. 그나마 가지고 있던 혜택마저 잃을까 봐 불안했기 때문이다. 그런데 부장을 만나는 동안은 주연이 된 기분이었다. 비록 충분하지는 않았지만 적어도 지금 당장의 갈증은 해소할 수 있었다.

하지만 이는 그녀의 착각일 뿐이다. 부장의 사랑은 그저 일시적인 것에 지나지 않는다. 어쩌면 부장과의 불륜 자체가 첫째가 될 수 없는 자신의 내면 문제를 무의식적으로 되풀이하고 있는 것인지도 모른다. 부장에게는 인생의 첫 번째로 꼽을 부인과 두 아이가 엄연히 존재하기 때문이다.

또 실력 있는 상사와 불륜의 관계에 빠지는 경우, 의식적으로 경제적인 이득이나 직장에서의 승진과 같은 이차적인 이익을 바랄 때가 있다. 또 남자의 경우는 여성을 성적인 만족의 대상으로 삼는 경우도 많다.

그러나 대개 이러한 이차적인 이득에 대한 욕구가 너무 큰 나머지 그것이 충족되는 데는 한계가 있기 때문에 나중에 서로 좋지 않게 끝나는 경우를 많이 보게 된다.

물론 B양은 지금 부장에게 많이 기대고 있어서 당장 관계를 정리하는 것이 힘들뿐더러 부작용도 크다. 다행인 것은 어찌 됐든 그가 그녀를 지금 진심으로 아끼고 사랑해 주고 있다는 것이

다. 부장이 보여주는 이 긍정적인 힘을 잘 활용해 B양은 단계적으로 혼자 설 수 있도록 노력해야 한다. 그러기 위해 자신의 발전을 위한 노력을 게을리하지 않아야 할 것이다.

***

그럼 젊은 아가씨와 불륜에 빠지는 유부남의 심리는 무엇일까? 한동안 세간을 떠들썩하게 했던 청와대 모 실장과 젊은 미술관장이 문득 떠올랐다. 물론 여러 가지로 상황은 다르지만 대개의 불륜에서 찾아볼 수 있는 기본적인 힘의 구조는 비슷하다는 생각이 들었다. 성공한 유부남이 젊은 여성과 깊은 관계에 빠지는 심리는 어떤 것인지 다음 사례를 통해 이야기해 보자.

올해 50대 초반에 접어든 김 사장은 성공한 전문 경영인으로 평가받고 있다. 입사 이후로 줄곧 탁월한 능력을 드러내 동기들보다 먼저 승진하면서 출세 가도를 달려왔다. 김 사장은 매사에 철두철미한 사람이었다. 학교 다닐 때는 공부를 잘해서 수재라고 소문났던 그였다. 무엇보다 성실하고 부지런하며 생활력이 강했다. 직장생활을 할 때도 남보다 가장 먼저 출근해서 가장 늦게 퇴근했다.

사실 그의 강한 생활력은 어릴 적부터 가장 역할을 맡았던 것과 관련이 있다. 재력 있는 지방 유지였던 아버지는 그가 중학생이 될 무렵에 젊은 여자를 얻어서 따로 살림을 차리기에 이르렀다. 그 덕에 어머니와 하나뿐인 여동생은 심한 충격을 받고 평생 우울증을 앓았다.

　김 사장은 아버지 때문에 크게 상처받은 어머니와 여동생에게 깊은 동정심과 연민을 느꼈다. 그래서 어떻게든 성공해서 아버지를 능가하는 사람이 되고 싶었고, 어머니와 여동생을 고통과 가난에서 구하고 싶었다. 이런 어려운 과정을 거쳐 김 사장은 큰 공기업의 대표이사 자리까지 올랐다. 어릴 적부터 꿈꾸던 위치에 이르게 된 것이다. 그러는 동안 교사 출신의 부인과 두 아이도 두었다.

　오늘이 있기까지는 아내의 역할도 컸다. 그녀는 남편의 보살핌 따위는 필요로 하지 않는 독립적인 여성이었다. 그가 가정에 신경 쓰지 않고 회사에만 몰입할 수 있었던 것은 이런 부인이 뒤에 있었기 때문이다.

　하지만 정상에 서자 이야기가 달라졌다. 더는 아내처럼 독립적인 여성이 필요하지 않았다. 자신의 보살핌이 필요해 보이는 여성스럽고 애교 많은 젊은 여자가 눈에 들어오기 시작했다.

　그때 마침 새로운 비서가 들어왔다. 그녀는 젊고 아름답기도 했지만 무엇보다 여리고 부드러웠다. 그녀에게서 김 사장은 젊은 시절 자신이 동경했던 여성상을 발견했다. 그동안 자신에게 주어진 이런저런 상황만 아니었어도 자신이 선택했을 여자를. 게다가 우연히 그녀의 이야기를 들어보니 가정형편이 어렵다고 했다. 김 사장은 어떻게든 그녀를 돕고 싶은 마음에 여러모로 친절을 베풀었다. 이런 김 사장의 마음에 비서도 감동한 눈치였다. 이런 감정이 되풀이되는 동안 어느새 둘은 마음으로 깊이 교감하는 단계에 이르렀고 더 나아가 불륜관계로 발전하게 된 것이다.

사랑으로 가장한 '중독'

지금 김 사장과 사랑에 빠진 여비서는 그가 늘 안쓰럽게 여겼던 어머니와 여동생의 표상과도 같은 존재이다. 다시 말해서 그 두 사람을 향했던 감정이 지금은 여비서에게 옮겨갔다고 보면 될 것이다.

남성에게 중년기는 심리적으로나 육체적으로 상당히 불안정한 시기다. 먼저 성적인 능력이 서서히 떨어지면서 스스로 나이가 들어간다는 것을 실감한다. 이 시기에 있는 성공한 남성들은 자연히 젊은 시절에 대한 향수와 그리움을 느낀다. 젊었을 때 지금과 같은 능력과 지위를 갖고 있었다면 '그때 사랑하던 그 여대생과 그렇게 헤어지지 않아도 되었을 텐데……' 라고 생각하면서.

육체적으로 늙고 나이 먹는 일은 아내도 마찬가지다. 특히 여성은 폐경기를 맞으면서 성적인 매력이나 관심이 급속도로 떨어지는 경우가 많다. 이런 시기를 잘못 보내면 자칫 서로에게 소원해져서 각 방을 쓰기도 한다. 이럴 때 나타난 여비서는 나름대로 그를 상사로서 정성껏 모시는 데다 존경심도 보여주었다. 그러다 보니 김 사장은 어느새 그녀에게 끌리고 있었던 것이다.

중년의 남성이 젊은 여성과 사랑에 빠질 때 느끼는 감정은 일종의 중독과도 같다. 중독에 빠진 사람이 거기에서 빠져나오는 유일한 방법은 건전한, 다른 종류의 중독으로 방향을 바꾸는 것밖에 없다. 골프와 같은 운동이든 여행이든, 그게 무엇이든 간에 자신의 자존감을 만족시킬 수 있는 대체물을 찾아내는 편이 좋다. 그리고 상대 여성을 진정으로 행복하게 해줄 수 있는 것이 무엇인지를 진지하게 생각해 봐야 한다.

사실 김 사장에게는 대학에 다니는 딸이 있다. 만약 그 딸이 지금 자신이 만나는 여비서와 같은 입장이라고 생각해 보면, 자신이 어떻게 해야 할지 스스로 답을 찾을 수 있을 것이다.

마음 분석 노트 — 불륜에서 벗어나기

• 젊은 여성과 성공한 유부남의 관계를 파악하자
심리적으로 서로의 약점을 상호 보완하고 있다.

• 불륜은 욕망이나 결핍감을 잠시 만족시키는 중독 증상이다
관계가 허상이라는 것을 깨닫고 건전한 취미 활동으로 전환하라.

• 서로의 앞날을 생각하자
어떤 것이 진심으로 상대의 미래를 위하는 일인지 생각해 보고 실천에 옮겨야 한다.

섹스는 나에게
너무 두려운 것

올해 서른둘이 되는 C양은 호텔 매니저로 일하고 있다. 늘씬한 키에 지적인 매력을 지녔지만 화가 난 얼굴처럼 보이기 일쑤였다. 그녀의 모습에 반해 따라온 남자들은 하나같이 그녀의 얼굴을 본 순간 멋쩍은 얼굴로 쭈뼛거리다 돌아섰다.

게다가 그동안 선도 보고 소개팅도 해보았지만 마음에 드는 남자를 만나지 못했다. 호텔에서 매니저로 오랫동안 일해서인지 그녀의 눈이 높은 탓도 있었다. C양은 일찍 프랑스에서 유학을 한 터라 영어는 물론이고 프랑스어에도 능했다. 거기에 자존심이 세고 성격도 강해서 남자들에게 좀처럼 지려고 하지 않았다. 그런 C양이다 보니 웬만한 남자가 눈에 찰 리가 없었다.

서른 살이 넘어가면서 C양의 마음도 급해졌다. 그러다 마침 친구 소개로 네 살 연상의 남자를 만났는데 이번에는 느낌이 좋았다. 두 사람은 계속 만남을 이어갔고 어느덧 결혼 이야기까지 오고갔다.

그런 두 사람이 여행을 가 함께 밤을 보내게 되었다. 단둘이 보내는 첫날밤이었다. 남자는 그다지 경험이 많지 않은 것 같았다. 사실 C양도 마찬가지였다. 남자는 무척 긴장한 눈치였다.

어찌어찌해서 마침내 막 삽입을 하려는 그 순간, C양은 갑자기 기겁했다. 마치 주사 바늘이 몸을 파고드는 것처럼 강한 공포감이 엄습했기 때문이다. 동시에 그녀의 몸은 얼음장처럼 차가워지더니 순식간에 근육들이 긴장했다. 긴장으로 똘똘 뭉친 그녀의 근육 탓인지 남자는 당황해서 땀을 뻘뻘 흘리는 것 말고는 아무것도 할 수 없었다.

이런 쓰라린 경험을 했지만 두 사람의 관계는 계속되었다. 결혼 전에 하는 관계란 다 그런가 보다 하면서 앞으로 친밀감이 깊어지면 아무 문제 없을 거라고 서로를 위로했다. 그래서 결혼 전까지 다시는 잠자리를 시도하지 않았다.

그리고 두 사람은 결혼했다. 신혼여행 온 프랑스에서 다시 첫날밤을 맞게 된 두 사람. 이제 결혼도 했겠다 마음을 놓은 두 사람은 섹스를 시작했다. 하지만 순조로운 분위기도 잠깐, 또다시 그녀는 뾰족한 흉기가 자신을 찌르는 듯 강한 통증을 느꼈다. C양은 얼결에 날카롭게 비명을 질렀고 결국 두 사람의 진짜 첫날밤도 그걸로 끝이었다. 덕분에 신혼여행은 엉망이 되었고 돌아오는 비행기 안에서 C양은 자신을 제대로 이끌지 못했다며 남편을 탓했다. 돌아와서도 문제는 해결되지 않았고, 그 뒤로도 둘은 제대로 섹스를 할 수 없었다.

억압된 분노와 얼어붙은 몸

분석을 통해 나는 C양의 마음속에는 분노가 강하게 억압되어 있다는 것을 알아냈다. 그녀의 아버지는 사회적으로 일정 지위에 올랐지만 집에서도 지나치게 권위적이고 폭군 기질이 있는 사람이었다. 화가 나면 물불을 가리지 않는 성격이라 몇 번이고 밥상을 걷어찼다고 했다.

C양은 그런 아버지를 진심으로 증오했지만 겉으로 그 마음을 표현한 적은 한 번도 없었다. 그런 감정을 억누를수록 마음속 깊은 곳에 감춰지기는 했지만 사실은 아버지에 대한 혐오감이 남자에 대한 생각으로까지 이어져 진심으로 남자를 받아들일 수는 없었던 것이다.

심지어 그녀는 점점 아버지를 닮아갔다. 이런 현상을 정신의학에서는 '공격자와의 동일시'라고 한다. 이는 자신을 공격하고 지배한 사람들에 대해 아예 저항을 않거나 저항을 하다가도 도중에 포기한 채 오히려 공격자나 지배자의 행동이나 논리를 스스로 내면화하고 숭배하게 되는 현상이다. 가장 쉬운 예로 시집

살이에 시달린 며느리가 훗날 자신의 며느리에게 더 독하게 시어머니 노릇을 하는 경우를 들 수 있다.

C양도 성적으로 흥분하는 상황에서 억압된 분노가 자기도 모르게 드러나면서 몸이 얼어붙고 경직되는 것이다. 그리고 이 책임을 전적으로 상대에게 전가시킨다. 자신에게 문제가 있다고 받아들이기에는 그녀의 자존심이 허락하지 않기 때문이다.

C양의 마음 깊은 곳에 있는 미움이 풀리지 않는 이상, 그녀의 얼어붙은 몸도 풀리지 않을 가능성이 많다. 정신의학에서는 이런 현상을 '질경련'이라고 부르는데, 이때는 전문적인 섹스 테라피가 필요하다. 상대방에 대한 친밀감과 편안함이 그녀 안의 분노를 녹일 수 있는 수준까지 발전한다면 모르겠지만, 여의치 않다면 반드시 두 사람은 전문가의 도움을 받아야 한다.

남성 치료자로 유명한 마스터스와 여성 치료자로 유명한 존슨, 미국의 두 성치료 전문가에 따르면 넓은 의미의 질경련에는 섹스를 할 때 심한 통증을 느끼는 경우도 포함되며 그 빈도는 사춘기를 지낸 여성의 2~3퍼센트에 해당한다고 한다.

사실 질경련이 아니더라도 섹스를 하기 두려워하는 경우들은 여러 가지가 있다. 예를 들면, 어린 시절 부모와의 밀접한 스킨십이 부족하거나, 자랄 때에 가족의 분위기가 너무 도덕적이어서 섹스를 죄악시하는 경우 나중에 어른이 되어서 성에 대해서 부정적인 태도를 갖기 쉽다. 또 어린 시절에 성추행이나 강간을 당한 상처가 해결되지 않은 경우도 여기에 해당이 된다. 동성애와 같은 성적인 주체성에 문제가 있는 경우도 여기에 포함이 될 것이다.

물론 처음 성관계를 가졌을 때 너무 고통이 심했던 것도 문제가 될 수 있다. 그리고 남자의 경우는 '내가 관계를 과연 잘 할 수 있을까?' 하는 '수행불안' 이 심할 경우 섹스를 두려워하면서 회피할 수 있다.

얼어붙은 몸 녹여주기

• 심리적인 문제를 먼저 해결하자

과거에 불쾌했거나 화났던 감정이 몸을 얼어붙게 할 수 있다. 마음속 문제가 해결되어야 몸도 풀린다는 것을 잊지 말라.

• 과거 성적으로 불쾌했던 경험들을 적어보자

어린 시절부터 부모와의 밀접한 스킨십이 부족하지 않았는지, 집안 분위기가 섹스를 죄악시하지 않았는지 돌아본다.

• 전문적인 섹스 치료가 필요할 수도 있다

본인이 심각한 수준이라고 판단된다면 주저하지 말고 전문가에게 상담을 받아보자.

나만 사랑해 준다면
누구라도 좋아요

대학 3학년이던 D양은 벌써 2년째 휴학 중이다. 대학생활에 잘 적응하지 못했기 때문이다. 무엇보다 대인관계에서 가장 큰 어려움을 겪으면서 정서적으로 몹시 불안정한 상태였다.

그녀가 맺는 대인관계를 들여다보면, 일단 누가 한번 좋아지면 몹시 격렬하고 강한 관계를 원한다는 특징이 있었다. 특히 혼자 있는 것을 견디지 못했다.

그런 D양이 이번에는 여자와 사랑에 빠졌다. 우연히 인터넷을 통해서 그녀를 알게 되었는데, 둘 다 취향이 비슷했다. 그들은 만나자마자 서로 마음이 통해서 하루가 멀다 하고 만나 술도 마시고 영화도 보면서 많은 이야기를 나누었다. 두 사람은 서로의 마음을 몹시 잘 헤아렸기 때문에 마치 한 몸인 양 친밀감을 느꼈다. 그러다 두 사람은 함께 여행을 갔다. 그곳에서 깊은 사랑에 빠진 두 사람. 비록 같은 여자였지만 육체적으로 하나가 된 순간, 여느 남녀의 사랑도 부럽지 않았다.

상대는 성적으로 남자와 같은 주체성을 갖고 있었다. 몸은 여자지만 생각하고 행동하는 것은 남자 역할에 가까웠던 것이다. 그러다 보니 D양은 자연스레 여자 역할을 맡았다. 처음 한두 달은 여느 커플보다 더 행복하게 지냈다.

그러다 이들의 사랑에 문제가 생기기 시작했다. 상대가 D양을 완전히 독점하려 들었기 때문이다. 사실 동성애의 경우는 상대를 선택할 수 있는 범위가 상대적으로 넓지 않기 때문에 질투나 독점욕의 강도가 이성애보다 훨씬 강한 경우가 많다.

상대 여성은 D양의 일거수일투족을 간섭하고 감시하고자 했다. D양은 슬슬 그녀와의 관계가 부담스럽고 괴롭기 시작했다. 한번 빠지면 무섭게 빠지지만 이는 다시 말하면 마음이 정리되면 멀어지는 속도도 무척 빠르다는 뜻이다. 이번에도 예외는 아니었다. D양은 학교 친구들과 어울리지 못하게 하는 상대 여성과 크게 싸우고 헤어졌다. 그녀와 함께 있는 동안 외롭지 않아서 좋았지만, 막상 함께 있게 되니까 속박당하는 것을 견딜 수 없었다.

다시 외톨이가 된 D양은 한동안 두문불출하고 학교도 안 갔다. 그러다 이번에는 인터넷으로 남자를 만났다. 그간 쭉 그랬듯이 그 남자가 보여준 사소한 친절에 감동해 만남을 이어갔다. 이전 여자와 그랬던 것처럼 똑같은 수순을 밟던 D양은 결국 그와도 잠자리를 함께했다.

이렇게 D양은 사랑의 대상을 고를 때 성별을 전혀 고려하지 않았다. 그저 그녀의 외로움과 허전함을 충족시켜 줄 수 있는 상대면 아무래도 상관없었다.

결국 그와도 헤어진 D양은 5월의 어느 날 버스를 기다리다 눈물을 흘렸다고 했다. 날씨가 너무 좋아서, 하늘이 너무 높아서, 바람이 너무 좋아서 울었다고 했다. 그녀는 미치도록 외로운데 자신을 둘러싼 세상은 여전히 아름다운 것 같아서 울었다고 털어놓았다.

사실 이러한 외로움과 고독은 모든 인간이 보편적으로 느끼는 감정이다. 하지만 어린 시절, 사랑에 대한 결핍감이 너무 심할 때는 외로움과 고독도 더욱 깊어져 현실에 적응하는 것을 방해할 정도로 악화될 수 있다. 결국 모든 문제는 사랑을 갈구하는 데에서 비롯된다는 생각이 든다. D양의 경우도 마찬가지다. 외로움에 힘겨워할 때 누구든 나타나 따뜻한 태도를 보여주면 그걸 자신에 대한 사랑으로 착각하는 것이 문제였다. 실제로 사랑에 굶주린 경험이 있는 사람은 상대방이 베푸는 작은 친절에도 잘 넘어간다. 배고플 때는 뭘 먹어도 맛있듯이, 외로울 때 만나게 된 상대에게는 가까워질 때 특별히 주의해야 한다.

이렇게 사랑에 대한 목마름이 깊을 때는 정상적인 사랑으로

는 만족하지 못한다. 대신 그 사랑이 채워질 수 있는 가능성이 조금이라도 있으면 그쪽을 향해 불나방처럼 자신의 몸을 날리는 것이다. 정작 모든 갈등의 근원이 자신의 마음속에 있는, 채울 수 없는 사랑에 대한 갈증이라는 사실은 잊은 채 말이다.

상대를 가리지 않는 애착장애

D양의 마음속에 존재하는 외로움과 공허함은 모든 인간이 지닌 근원적인 고독감과 통한다. 그리고 이 감정은 아주 어릴 적 어머니와 맺은 관계에서 기본적인 신뢰가 형성되지 못했을 때 그 강도가 더 세진다. D양의 어린 시절을 살펴보면 정서적인 지지가 거의 고갈된 상태였다. 어머니의 무관심과 부모의 불화, 아버지의 괴팍한 성격 등이 얽히면서 그녀의 인격 형성에 부정적인 영향을 미쳤다. 한마디로 그녀는 마음 붙일 곳이 없었다. 그래서인지 누군가 자신에게 관심과 사랑을 보여주기만 하면 거기에 쉽게 빠지는 경향이 있다.

한 정신의학자는 '무선별적 애착장애'라는 진단을 붙이기도 했다. 쉽게 말해 가장 사랑해 주어야 할 사람이 사랑을 주지 못할 경우, 조금이라도 사랑을 줄 수 있다는 상대를 만나면 거기에 목을 매게 되는 것을 말한다. 이때는 그 대상에게 어떤 위험이 도사리고 있는지 아랑곳하지 않는다.

D양이 보이는 일련의 양상은 성격장애가 바탕에 깔려 있는

것으로 보인다. 다만 겉으로 동성애나 양성애로 포장된 것일 가능성이 크다. 현재 D양은 다른 대상을 통해 사랑과 미움을 되풀이하고 있다. 따라서 한 대상과 지속적이고 안정적인 인간 관계를 경험해 봐야 한다. 어떤 대상을 만나면 섣불리 섹스에 빠지지 말고 먼저 우정의 형태로 6개월 정도 관계를 유지해 볼 필요가 있다.

외로움과 공허감에서 벗어나기

• 애정 결핍이 아닌지 자신을 깊이 들여다보자
사랑에 몹시 굶주려 있어서 아무한테나 사랑받으려고 하는 경향은 없는가?

• 외로움과 고독은 결코 외부적으로 해결할 수 없다
애정 결핍은 자기 안에 있는 내면적인 '외로움의 문제'지 바깥에 있는 '사랑의 문제'가 아니다.

• 신중하게 섹스하라
상대와 잠자리를 갖기 전에 적어도 6개월은 우정의 형태로 관계를 지속해 보자.

이 남자,
혹시 게이 아닐까?

혹시라도 당신의 남자친구나 남편이 동성애자라면 당신은 어떻게 할 것인가? 내가 상담을 맡았던 한 사이트에 이와 비슷한 문제로 고민하던 한 여성이 다음과 같은 편지를 보내왔다.

선생님 도움을 많이 받고 있습니다. 이번에는 정말 심각하게 고민이 되어서 상담을 드립니다.

저는 아직 신혼입니다. 제 남편은 여성스럽고 자상해요. 형제들 중 막내이기도 하고요.

그런데 웹서핑을 하다가 남편이 주로 가입한 카페 모임이 모두 게이들의 모임이라는 것을 우연히 알게 되었어요. 그러고 보니 인터넷에 들어가 자주 접속한 사이트도 모두 외국의 게이 사이트였고요.

너무 당황스럽고 어떻게 해야 할지 모르겠어요. 자꾸 눈물만 납니다. 남편에게 이제는 거부감마저 들 것 같아요. 피부에 신경 쓰고, 몸가짐도 여성스럽고⋯⋯. 부부관계도 남편은 늘 한걸음 뒷전이었던 것 같고요. 남편의 얼굴을 보면서 아무 일 없는 듯 생활해야 하겠지만, 저는 도무지 남편을 이해할 수 없습니다.

차라리 접속한 사이트가 여성의 누드 사진으로 넘쳐나는 곳이었다면 아마도 이런 이상한 기분은 들지 않았을 텐데 하는 생각도 듭니다.

저는 어떻게 행동해야 하나요?

제가 아무것도 모른다고 생각하는 남편은 날마다 그런 사이트에 들어갈 텐데요.

선생님, 제 남편이 이상한 건가요?

다른 생활에서는 전혀 문제가 없어요.

어떻게 해야 하나요?

자, 한번 생각해 보자. 당신 남편이 당신은 거들떠도 안 보고 날마다 게이들이 모이는 사이트를 드나들고 있다면 얼마나 걱정이 되겠는가.

이런 경우, 먼저 두 가지 가능성을 모두 고려해 봐야 한다. 첫째는 남편이 게이라서가 아니라 단순한 호기심에서 그런 사이트를 방문했을 수도 있다는 것. 물론 남편이 성적 주체성이나 남성으로서의 역할에 문제가 없다면, 그냥 하나의 해프닝으로 끝날 가능성이 크다.

하지만 만약 진짜로 그가 게이라면, 결혼생활에 큰 혼란을 일으킬 사건이다. 사람들은 흔히 게이라고 하면 아내에게 남자 구실을 제대로 하면서도 취향이 조금 다른 정도가 아니겠냐고 생각하지만 이는 그렇게 간단한 문제가 아니다. 게이에게 여자와 잠자리를 하라는 것은 마치 이성애자이자 여성인 당신에게 여성과 섹스를 하라고 강요하는 것과 마찬가지인 탓이다. 아무리 양성애가 가능한 게이라고 해도 원하지 않는 섹스는 똑같이 힘들다.

실제로 얼마 전에 저명한 미국인 교수가 찾아와 털어놓은 이야기에 따르면, 그도 젊은 시절에 동성애 문제로 무척 진지하게 고민했다고 한다. 매우 엄격한 천주교 집안에서 자란 그는 여성과 결혼하라는 부모의 기대를 저버릴 수가 없어 결혼을 했고 딸도 낳았다고 한다.

하지만 그의 마음은 늘 불행했다. 그러다 우연히 게이 바에서 만난 남자와 섹스를 하게 됐고 다시 없을 행복을 느낀 그는 결국 가족들에게 솔직하게 이야기를 꺼내게 되었다. 그리고 수개월의 갈등 끝에 이혼을 하고 나니까 오히려 마음이 편안했다는 것이다.

그의 성적 경향을 알고 있는가

한때는 미국 같은 다양성의 나라에서조차 동성애를 일종의 정신병으로 보기도 했지만, 지금은 오히려 동성애에 대해서 편견을 가진 사람을 이상하게 볼 정도로 사회적인 분위기가 바뀌고 있다. 미국에서는 정신과 의사들 가운데에도 동성애를 하는 의사들이 따로 모여서 자유롭게 학술모임을 가질 정도이다. 요즘은 우리 사회에서도 편견을 없애고 동성애를 개인의 취향으로 받아들이려는 분위기가 조성되고 있다.

동성애자는 태어날 때부터 그러한 성향을 지니는 경우가 많다. 하지만 자라면서 접하는 양육 환경도 무시할 수 없다. 대개는 아버지와의 관계가 너무 엄격하고 친밀감이 없을 때, 또는 너무 강한 어머니 아래에서 자랄 때 성적인 주체성을 형성하는 데 문제를 안게 된다.

만약 당신이 사랑하는 그가 분명히 동성애 경향을 가지고 있다고 여겨지면, 전문가의 자문을 받아보는 편이 좋다. 동성애가 정신적인 문제라서가 아니라 이런 과정을 통해 성적인 주체성을 확실히 이해하는 것이 좋기 때문이다. 만약 동성애자가 확실하다면 본인부터 그 사실을 떳떳하게 받아들이고 둘의 관계를 다시 얘기해 보는 것이 바람직하다.

우리나라는 아직도 동성애에 대해 좋지 않게 보는 편견이 너무 강하기 때문에 사실을 받아들이는 게 쉽지만은 않을 것이다. 하지만 부모의 기대나 주위 시선을 너무 의식한 나머지 자신이

동성애자인데도 이를 숨기는 남자와 동성애 성향을 보이는데도
'내 남자는 아닐 거야'라고 안위하는 여자가 억지로 결혼하게
되면, 이는 자신과 배우자 모두를 불행하게 만드는 일이라는 것
을 잊지 말아야 한다.

남자의 성적 취향 확인하기

• 그의 라이프 스타일을 관찰하자

남자가 지나치게 신체적인 접촉을 꺼리거나 나이에 비해 성
적으로 너무 무관심할 때는 주변 인물들을 통해 취향을 주의
깊게 살필 필요가 있다.

• 결혼 전에 확인하자

진지하게 결혼을 고려하는 대상이라면 자연스레 하룻밤을 보
내는 것도 하나의 방법이다.

• 과거에 만났던 여자에 대해 자연스럽게 얘기해 보자

나이가 적지 않은데도 사귀어본 여자가 전혀 없다면 동성애
자 기질은 없는지 한번 생각해 보는 것도 좋겠다.

외국인과의
하룻밤은 쿨해서 좋아

요즘 신촌이나 홍대 앞에 가면 푸른눈의 외국인 청년과 다정하게 손 잡고 걷는 여성들을 쉽사리 볼 수 있다. 사실 몇 년 전만 해도 외국인과 사귀는 것을 상당히 이상하게 보는 눈이 많았다. 하지만 이제는 워낙 흔한 일이 되어 외국인과 함께 걸어가도 별다른 주의를 끌지 못한다.

그런데 우리 주변에서 보면 특별히 외국인 남성에게만 끌린다는 사람들이 있다. E양도 그런 경우다. 나를 찾아온 E양은 일에서도 아무런 보람을 찾을 수 없고 직장에서도 동료들과 지내기가 힘들다고 했다.

한눈에 보기에도 E양은 아주 개성 있는 외모를 지녔다. 마치 프랑스 영화 주인공 같기도 했다.

하지만 부드러운 외모와 달리 표정은 굳어 있었고 어찌 보면 화가 나 있는 것처럼 보였다. 처음에는 회사에서 대학원까지 졸업한 자기에게 세상이 정당한 대접을 하지 않는다고 분노하는 것처럼 보였지만, 나중에 이야기를 깊이 들어보니 성적인 충동을 잘 조절하지 못하는 스스로에게 화가 나 있었다.

E양의 대학생활은 겉으로는 화려했지만 마음은 외로웠다. 원래 그녀의 꿈은 외교관이었다. 그래서 여대 불문과에 들어갔지만 현실은 그녀의 꿈을 채워주지 못했다. 친구들과 이야기해 봐야 화장품과 옷, 드라마가 중심이었다. 그런 일상적인 화제는 그녀의 마음을 채워주기에 턱없이 부족했다.

그러던 중 문화원에 프랑스어를 배우러 다니다가 중년의 외국인 강사를 짝사랑하게 되었다. 그녀는 가끔 자신의 감정을 편지에 담아서 강사에게 보내곤 하였다. 그녀의 정성 어린 편지를 받고 감동한 강사는 학생들이 가고 난 뒤에 그녀를 사무실로 불러 차를 마셨고, 헤어지면서 볼에 가벼운 키스를 해주기도 했다.

사실 두 사람 사이에 그때까지 별일은 없었다. 이 팽팽한 균형이 깨진 것은 얼마 지나지 않아서였다. 어느 날 E양은 강사의 임기가 거의 끝나가는 터라 부인은 먼저 귀국하고 강사 혼자 지낸다는 정보를 입수했다. 강사 주위를 맴돌던 E양은 결국 그 강사와 잠자리를 가졌다.

강사가 프랑스로 떠난 뒤에도 E양의 방황은 끝나지 않았다.

유달리 외로움을 많이 타는 편이었던 그녀는 여러 남자들과 사귀었지만 이상하게도 마음이 충족되지 않았다.

그녀는 내심 자기가 여자로 태어나 손해보고 있다고 생각했다. 그래서 남자는 있으면 좋지만 결혼은 결코 하고 싶지 않았다. 무엇보다 살림하는 자신의 모습을 도저히 받아들일 수 없었고, 결혼하는 순간부터 여자의 인생은 불행해진다고 굳게 믿고 있었다.

그래서 그녀가 내린 결론은 그냥 남자들과 즐기기만 하는 것이었다. 상대방이 마음에 들면 적극 나서서 사로잡았다. 특히 술에 취하면 성적인 충동을 조절하지 못했다. 그럴 때는 카페나 커피숍 같은 데서 괜찮다 싶은 남자가 있으면 먼저 유혹해서 하룻밤을 보내고 헤어졌다. E양은 "모든 남자들에게 사랑받고 싶어요. 하지만 한편으로는 그들에게 거부당할까 봐 두려워요"라고 털어놓았다.

이런 그녀의 욕망을 충족시키기에 우리나라 남자들은 너무 쩨쩨하고 고리타분한 사고를 가지고 있었다. 혹시 어쩌다가 한번 같이 자기라도 하면 그 뒤로 여자가 자신의 소유물이라도 된 양 행동하는 남자를 E양은 가장 경멸한다고 했다. 그러면서도 자신이 헤프다는 소문이 날까 봐 두렵기도 했다.

거기에 비해 외국인은 그녀의 기호에 딱 맞아떨어졌다. 그래서 그녀는 성적인 충동이 걷잡을 수 없게 일어날 때면 일부러 늦은 시간에 특급 호텔 바 같은 곳에 앉아 품위 있게 칵테일을 마섰다. 그녀의 이국적인 외모는 눈에 잘 띄었기 때문에 십중팔구 외국인 남성이 접근해 왔다. 그러면 함께 술을 마시다 상대가 안심할 수 있는 상대라는 판단이 서면, 호텔에서 함께 하룻밤을 즐겼다. 그러고는 아무 일도 없었다는 듯 다음날 출근하는 일을 되풀이했다.

나는 이해가 되지 않았다. 이렇게 아름답고 부족할 것 없는 여성이 자신의 몸을 이름 모르는 외국인에게 함부로 맡기다니……. 그녀를 거쳐 간 외국인들은 미국, 캐나다, 독일, 오스트레일리아, 프랑스 등 다양하기 그지없었다.

'어머니의 인생'을 거부하는 마음의 병

처음에 나는 그녀의 어린 시절이 무척 불행할 거라고 짐작했다. 하지만 이야기를 들어보니 정작 E양의 집안은 유복한 편이었고 아버지의 사랑도 담뿍 받고 자랐다.

그런데 철이 들면서부터 그녀는 아버지에 대한 불만이 커지기 시작했다. 그녀의 아버지도 어릴 적부터 귀하게 자란 터라 자식보다 자기가 먼저인 사람이었던 것이다. 혼자서 맛있는 것을 사먹고 좋은 옷을 입고 사치하는 것이 몸에 밴 사람이었다.

반면 어머니는 희생정신이 투철하다는 것 말고는 별다를 게 없는 평범한 가정주부였다. 그녀는 딸만 넷인 집 첫째 딸이었는데, E양 눈에 부모님의 관계는 너무나 일방적이었다. 여자는 희생하고 남자는 군림하는 관계를 용납할 수 없었다. 아버지에게 여러 가지로 실망하면서 점차 그녀는 아버지에게 맞서는 일이 많아졌고, 결국 아버지를 미워하게 되었다.

부모의 결혼생활을 지켜보면서 그녀는 점점 어머니 같은 인생은 도저히 받아들일 수 없게 됐다. 남자에게 지배당하는 수동적인 인생을 용납할 수 없었던 것이다. E양이 이렇게 된 데는 아들 없는 집안의 큰딸로서 은연중에 아들 역할을 요구당한 데도 원인이 있었다.

E양의 마음속에는 여성으로서 자기 역할에 대한 비하가 너무 강하게 자리 잡고 있었다. 한편으로 남자들에 대한 뿌리 깊은 적개심도 있었다. 이 두 가지 해결되지 않은 문제가 그녀를 끊임없이 외국인과의 하룻밤으로 내몰고 있었다.

E양은 마음속 문제로 한국 남자가 아닌 외국 남자여야만 한다는 그릇된 결론을 내고 있다. 역시 깊은 상처부터 치유하지 않으면 안 된다. 또 여성으로서 자신이 누릴 수 있는 장점에 눈을 뜰 필요가 있다. 실제로 E양은 외국어도 능숙하게 구사하고 세련된 외모도 지니고 있다. 아버지에 대한 무의식적인 적개심만 해소한다면 행복한 삶으로 한 걸음 나아갈 수 있다.

물론 외국인과 사귀는 여성들이 모두 E양 같은 것은 아니다. 단순한 호기심이나 영어를 배우겠다는 생각에 외국인과 사귀기도 한다. 외국인이든 아니든 자신에게 잘 맞는 사람이면 된다. 실제로 우리나라 여성들이 외국인을 만나 행복하게 잘 사는 경우도 많다. 하지만 상담 사례를 통해 보면 외국인 남편은 대부분 집안일을 적극 도와주기는 하지만, 금전적인 부분에서는 우리나라 남성들보다 훨씬 더 냉정하다. 따라서 결혼까지 생각하는 진지한 관계라면 반드시 미리 결혼 이후에 일어날 수 있는 일에 대해 생각해 볼 필요가 있다.

마음 분석 노트 — 충동적인 하룻밤에서 벗어나기

• 나와 잘 맞는 사람인지 스스로에게 먼저 물어보자

외국인을 상대로 관계를 시작했다면, 이 관계가 무의식에서 비롯된 갈등에서 왔는지 또는 진정한 사랑에서 시작된 것인지 구별해야 한다.

• 진지한 관계라면 결혼 후도 생각해 보자

외국인과는 연애할 때와 달리 결혼한 뒤에 문화적인 갈등이나 언어 장벽으로 힘들 수 있다는 것을 미리 알아두자.

• 충동적인 행동에서 벗어나자

심리적인 요인으로 도움이 안 되는 행동을 하고 있다는 것을 자각하라. 잘못된 패턴에서 벗어나 자제력을 기르도록 노력한다.

엄마가 골라준 신랑감이면
괜찮지 않을까?

배우자를 고를 때 스스로 선택하고 결정한다면 결과에 대한 책임은 당연히 자신의 몫이다. 하지만 만약에 자신의 의견과 상관 없이 부모가 골라주는 상대와 결혼했다면? 그리고 그 결혼이 실패로 끝났다면 그 책임은 누구에게 물어야 할까?

F양 부모는 자식에게 도움이 된다면 무슨 일이라도 마다않을 열정과 희생정신을 갖고 있다. 자식을 애지중지했기 때문에 F양이 대학원에 다닐 때까지도 변함없이 아이로만 여겼다.

위로 오빠가 있기는 했지만, F양은 딸로서 누릴 수 있는 온갖 혜택을 다 누리고 자랐다. 친구들보다 훨씬 좋은 옷을 입고 자랐고 무엇 하나 부족한 것이 없어 보였다. 그런 그녀를 두고 사람들은 온실 속 화초 같다고도 했다.

어릴 적부터 이렇게 사랑을 듬뿍 받으면서 자라서 그런지, 그녀에게서는 구김살이라고는 찾아보기 어려웠다. 이런 그녀가 시집갈 나이가 되자 부모는 사랑스런 딸의 행복을 보장해 줄 완벽한 신랑감을 찾는 데 열을 올렸다.

먼저 그녀의 부모는 그녀에게 아무하고나 연애하면 안 된다고 거듭 강조했다. 그리고 그녀의 일상을 철저히 관리했다. F양은 오후 6시에서 7시 사이에 반드시 집에 들어가야 했다. 그 시간을 조금이라도 넘기면 아버지한테 호된 꾸중을 들었다.

사정이 이렇다 보니 F양은 변변한 소개팅이나 미팅 한 번 제대로 못한 채 대학생활을 마쳐야 했다. 어릴 적부터 워낙 순종적이었던 그녀는 감히 부모님의 말씀을 어길 엄두도 내지 못했다.

F양이 대학 3학년이 되자 부모는 벌써부터 괜찮은 집안의 신랑감을 물색하느라 여념이 없었다. 하지만 아무리 선을 봐도 그녀는 정작 맘에 드는 사람을 만나지 못했다. 집에서 성화라 나온 자리기도 했고 스스로도 남자를 빨리 만나고 싶다는 절실함이 없었던 탓이다.

2년이란 시간이 훌쩍 지나 F양은 대학원에 진학했다. 그녀의 나이가 결혼 적령기에 가까워질수록 그녀의 부모는 더욱 초조해했다. 그러다 때마침 F양 부모 마음에 쏙 드는 신랑감이 나타났다. 흔히 '일등 신랑감'이라 부르는 객관적인 조건을 두루 갖춘 남자였다. 남자의 집안은 지방에서도 이름난 유지라 경제적으로도 무척 부유했다. 게다가 사법고시를 무사히 마치고 변호사 자격까지 갖고 있었다. 누가 봐도 그 남자의 앞날은 창창했다.

하지만 F양은 그에게 특별한 감정을 느끼지 못했다. 상대 남자도 그리 적극적이지 않았다.

마음만 급해진 F양 부모는 급기야 직접 움직이기로 결심했다. 큰 맘 먹고 F양의 아버지가 남자를 찾아갔다. 자신의 사위가 되어달라고 부탁하고 사위가 되면 물질적 지원도 아끼지 않겠노라 은밀히 약속했다.

F양 부모의 이런 눈물겨운 노력이 결실을 맺어 보름 만에 약혼식을, 한 달 만에 결혼식을 올렸다. 결혼하는 날 아침까지도 F양은 남편이 될 남자에 대해 아무런 감정도 들지 않았다. 좋지도, 그렇다고 싫지도 않았다. 그저 '다른 사람들도 다 이렇게 결혼하겠지'라고만 생각했다.

그런데 결혼하고 보니 남자는 어릴 적부터 집안의 모든 관심과 사랑을 받고 자란, 한마디로 '왕자병' 환자였다. 자기밖에 모르는 그는 집안에서 손가락 하나 까딱하지 않았다. 게다가 여자를 엄청 밝히는 과라 밤이면 밤마다 유흥업소를 휩쓸고 다녔다. 결혼한 지 얼마 지나지 않아서는 자기가 데리고 있던 여직원이랑 바람이 나더니 며칠씩 집에 들어오지도 않았다.

F양은 참다못해 시어머니에게 속사정을 털어놓았다. 그러자 시어머니는 "왜 남편에게 좀더 잘하고 더 따뜻하게 대해 주지 않았느냐? 네가 차가우니까 걔가 밖으로 나도는 것이지 않니!"

라며 되레 F양을 꾸짖는 것이 아닌가.

F양은 결혼에 실패했다는 말만은 듣고 싶지 않았다. 그래서 꾹 참고 더욱 남편에게 잘하려고 애썼다.

이런 그녀의 인내심이 한계에 다다르는 사건이 벌어졌다. 남편이 '미성년자와의 성매매' 혐의로 검찰 조사를 받는다는 기사가 신문에 나기에 이르렀던 것이다. 끝내 그녀는 남편의 부도덕성에 이를 갈면서 이혼 수속을 시작했다.

부모에 의존해 자기 인생을 방치하는 그녀

사랑도 지나치면 속박이나 간섭이 되기 쉽다. 부모가 자식의 주체성이나 의사결정권을 전적으로 침해하게 되면, 그 사랑은 자식의 인생에 '독'이 될 수밖에 없다.

언제까지 부모가 자식의 인생을 대신 살아줄 수는 없다. 앞서 살펴본 경우처럼 인생의 중대사를 부모에게 100퍼센트 의존하다 보면 자칫 스스로의 의지 따위는 찾아보기 힘든 로봇과 같은 존재로 전락할 위험이 있다.

무엇보다 이 경우는 조건을 따져 배우자를 고른 것이 나쁘다기보다는, 조건만 보느라 다른 여러 중요한 요소를 놓쳤다는 데 문제의 핵심이 있다.

스스로의 인생에는 스스로가 주인공이 되어야 한다. 아무리 부모가 능력이 있고 부유하다고 해도 내 인생은 결국 내가 살아야 하는 '내 것'이다.

내가 오랫동안 결혼과 이혼 상담을 하면서 느낀 것 중 하나는, 이렇게 부모에게 의존하는 습성을 가진 사람은 이것을 고치지 않는 이상 아무리 이혼을 하고 다른 사람을 만나도 또 마찬가지 상황에 놓인다는 것이다. 같은 문제가 또다른 형태로 되풀이될 수 있다는 뜻이다.

그렇다면 거꾸로 부모님이 한사코 반대하는 결혼을 감행한 경우는 어떨까? 그냥 부모의 의견을 무시하고 밀어붙여야 할까, 아니면 포기하는 것이 바람직할까? 부모가 결혼을 반대한다는 이유로 머나먼 미국에서 스스로 목숨을 끊은 재벌가 막내딸을 보면, 부모의 결혼 반대가 당사자들에게 얼마나 큰 스트레스가 되는지를 짐작할 수 있다.

결론부터 이야기하자면, 이런 경우도 '부모의 반대'라는 형태로 드러나지만, 그 바닥에는 오랜 세월에 걸쳐 쌓여온 부모 자식 사이의 어떤 문제가 존재할 가능성이 크다. 즉 지나치게 부모에게 의존해 시키는 대로 결혼하는 것도 문제이지만, 부모가 한사코 반대하는 결혼을 밀어붙이는 경우에도 혹시 어떤 감정적인 문제가 작용하고 있는지 잘 살필 필요가 있다는 뜻이다.

그 가운데서도 가장 흔히 볼 수 있는 문제는 역시 부모와 자식 간의 의사소통의 단절이다. 어린 시절부터 부모가 나의 마음을 잘 이해해 주고, 힘들 때에도 나를 진심으로 생각해 준다는

믿음을 가진 사람은 결혼의 갈등도 원만하게 풀어가는 경우가
많다.

하지만 아무리 물질적으로 풍족하더라도 부모의 기본적인 사
랑에 대한 신뢰와 믿음이 상실된 경우에는 부모가 반대하는 결
혼을 반발심으로 밀어붙일 위험성이 커지는 것이다.

아무리 사랑하는 사람과의 결혼을 부모가 반대했다고 해도
스스로 목숨까지 끊었다는 사실 자체가 이전부터 감정적인 문
제가 많이 쌓여왔다는 것을 암시한다고 보아야 할 것이다.

마음 분석 노트   부모와 올바른 관계 맺기

• 자신의 인생에서 주인공이 되자
의존성을 극복하지 못하면 한 사람의 인간으로서 독립성을
위협받게 된다는 걸 잊지 말라.

• 지나친 의존은 서로에게 독이 된다
부모에게 지나치게 의존하다 보면 결국 자신도 다치고 부모
도 괴롭게 만들 수 있다.

• 부모와 자식 간의 의사소통이 중요하다
부모와 결혼 문제로 갈등이 생겼다면 그동안 다른 문제로 감
정이 쌓인 것은 아닌지 돌아보고 해결책을 찾아보라.

남자친구가 양다리를
걸치고 있어요

G양은 몹시 야위고 지쳐 있었다. 하지만 얼굴만은 화가 나서 상기된 상태였다. 사귄 지 1년 반이 된 남자친구 때문이었다.

그녀보다 두 살 많은 남자친구는 같은 회사에서 일하고 있다. 처음에는 G양도 그냥 회사 동료로 가볍게 만났다고 한다. 두 사람 다 사귀는 사람이 있었던 것이다. 우연히 같은 팀이 되어 동일한 프로젝트를 진행하면서 두 사람은 많은 시간을 함께 보내게 되었다. 과제를 수행하면서 밤을 새우는 경우가 많았는데, 그러다 보니 자연스레 가까워지기 시작했다.

두 사람이 애틋한 감정을 주고받게 될 무렵, 남자의 여자친구가 미국으로 유학을 가게 되었다. 이를 계기로 G양과 남자는 급속히 가까워졌다. 그녀는 얼마 지나지 않아 이 남자야말로 자신이 사랑하는 사람이라고 확신하게 되었고, 그래서 전에 사귀던 남자친구도 깨끗이 정리했다.

두 사람의 사랑을 가로막을 것은 이제 아무것도 없는 듯 보였다. G양은 그를 온전히 자신의 것으로 여겼다. 두 사람은 꿈같은 몇 달을 서로 아끼고 사랑하며 보냈다.

그런데 얼마 지나지 않아 그의 옛 애인이 방학을 맞아 잠시 귀국했다. 그래도 그의 사랑에 자신이 있었기 때문에 그다지 신경 쓰지 않았다.

하지만 그녀의 남자친구는 생각보다 우유부단한 사람이었다. 옛 애인이 귀국해서 호텔에 머문다는 것을 알고는 밤마다 그 호텔에 찾아가 시간을 보냈다.

이 사실을 안 G양은 거의 미칠 지경이 되어 남자를 찾아가 왜 그러냐고 따져 물었다. 그런데 남자의 반응은 뜻밖이었다. 뭐 이런 사소한 문제로 난리냐는 것이다. 그냥 잠만 자고 오는 거지 섹스 같은 건 하지 않는다며 되레 큰소리였다. 어처구니없는 그의 말에 G양은 속상해서 눈물만 흘려야 했다.

남자의 말에 따르면, 옛 애인과 관계를 끊지 않는 것은 미래를 위한 포석이라는 것이다. 그도 언젠가 미국으로 공부하러 갈 예정인데, 그녀와 관계를 잘 유지해 두면 나중에 큰 도움이 될 거라는 얘기였다. 게다가 곧 미국으로 돌아갈 테니 조금만 참아달라고 했다.

이 이야기를 듣고 과연 그에게 G양은 어떤 존재인지 궁금했다. G양은 이 남자만 보고 사귀던 남자친구까지 정리했다. 하지만 이 남자는 자신의 성공을 위해서라면 언제든 G양도 버릴 수 있다는 태도였다. 결혼도 자신이 만족할 만큼 성공한 다음에 할거라 앞으로 몇 년이 걸릴지 모른다고 했다. 그때까지 기다릴 수 없다면 다른 남자를 만나 먼저 결혼해도 상관없다는 말을 서슴지 않았다.

G양은 남자의 이런 태도를 참을 수 없었다. 당장이라도 이 관계를 때려치고 싶지만 이상하게도 그에게서 멀어질 수가 없었다. 아니 남자가 그런 우유부단한 태도를 보이면 보일수록 거꾸로 그에게 매달리는 자신의 비굴한 태도를 스스로도 이해하지 못해 힘겨워했다.

자기 존중감을 잃어버린 그녀

일단 G양은 자기 존중감에 문제가 있었다. 어릴 적부터 내성적이었기에 친구 사귀기가 힘들었다. 그래서 한번 인간관계를 맺으면 쉽게 끊지 못하는 성향이 있었다.

중학교 때 공부는 곧잘 했지만 친구들에게 왕따를 당한 경험도 있었다. 이때 충격을 받은 G양은 일부러 불량한 아이들과 어울려 술을 마시거나 담배를 피워댔다. 또래 집단에서 소외되는 것을 참지 못해 벌인 일이었다.

게다가 몇 년 전에는 아버지의 사업이 실패하면서 집안사정이 급속도로 나빠졌다. 이런 그녀에게 남자친구는 가족보다 더 기댈 수 있는 존재였다.

지금 만나는 남자도 보아하니 비슷한 처지였다. 경제적으로 무척 힘들었기에, 이 남자는 성공지향적인 인물이 되었고 여자를 자신의 성공 수단으로 이용하려는 태도를 갖게 된 것이다.

이렇게 이차적인 이익이 개입된 사랑은 반드시 부작용을 일으킬 가능성이 크다. 그가 예전 애인과 지금 어떤 사이든 간에 이런 남자와는 뒤도 돌아볼 것 없이 무조건 정리하는 것이 가장 현명하다.

마음 분석 노트 잘못된 사랑에서 벗어나기

• 자기 존중감 회복이 가장 시급하다
이런 남자를 만나는 이상 계속 고통스러울 수밖에 없다. 본인이 행복하지 않은 사랑은 과감하게 끝내라.

• 사랑보다 조건이 우선인 남자는 피하자
이차적인 이익을 들먹이는 남자는 조건에 따라 언제든 여자를 버릴 수 있다.

• 스스로를 업그레이드하자
사회적인 성공을 이루는 것도 사랑에 지나치게 기대려는 마음에서 벗어나는 데 도움이 된다.

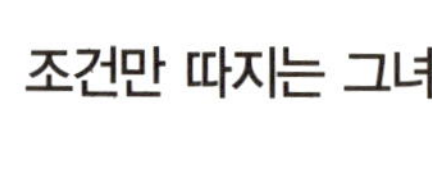

왜 자꾸 이상한 남자들만 나타날까?

스물다섯의 H양은 늘씬한 몸매에 커다란 눈을 가진 매력적인 여성이다. 그런 그녀가 거듭 상대를 잘못 고르는 것 같다며 나를 찾아왔다. 대학을 졸업하고 직장을 구하지 못해 경제적으로도 어렵다고 했다.

사실 그녀가 경제적으로 어려움을 겪는 것은 처음이 아니었다. 어릴 때부터 그녀의 아버지는 거의 일을 하지 않았고 무능했기 때문이다. 거기에 술까지 좋아해 하루도 술주정을 안 하는 날이 없었고 바람까지 피웠다.

하는 수 없이 어머니가 일을 나가기 시작했다. H양과 언니는 언제 행패를 부릴지 모르는 아버지와 함께 있어야 했다. 이 과정에서 그녀는 무척 두렵고 불안한 마음을 많이 느꼈다. 세 살 위인 언니도 동생을 보살펴주기는커녕 오히려 꼬집고 때리기 일쑤였다.

생계를 위해 밤낮으로 일하는 어머니를 보며 H양은 늘 안타까웠다. 한편으로는 결코 저렇게 살지 않겠다고 속으로 다짐을 거듭했다.

그래서 남자를 만날 때는 늘 경제적인 능력이 어느 정도인지를 맨 먼저 살폈다. 아무리 상대가 괜찮다 해도 가난하거나 돈을 잘 벌지 못하는 것 같으면 무조건 기준에서 제외했다.

이런 그녀가 처음 만난 상대는 벤처 회사의 젊은 CEO였다. 빼어난 미모를 지닌 H양에게 남자는 한눈에 반했다. 그녀의 마음을 사로잡기 위해서 어떤 금전적인 대가도 치를 각오가 되어 있는 사람이었다. H양을 백화점에 데려가 옷도 사주고 고급 레스토랑에서 식사도 하면서 열렬한 구애를 했다.

그녀도 능력 있는 그가 싫지 않았다. 둘은 결국 동거를 하게 됐다. 물론 남자가 강남에 오피스텔도 마련해 주었다. 한 달에 이백 만 원씩 생활비도 줬다.

하지만 막상 동거를 시작하자 둘 사이는 조용할 날이 없었다. 남자가 그녀의 일거수일투족을 감시하며 다른 남자는 없는지 끊임없이 의심했던 것이다. 그러면서 관계를 맺을 때마다 별의별 요구를 다했다. H양은 그가 짐승처럼 보이기 시작했다.

그 남자가 보이는 여러 행동 양식은 어릴 적 그녀가 증오한

아버지와 닮아 있었다. 무책임하고 자기밖에 모르는 것이 아버지와 꼭 같았던 것이다.

결국 그 남자가 바람둥이라는 것이 들통나면서 관계는 끝이 났다. 더구나 그 남자는 여자가 쓰는 물건을 모으면서 성적 쾌감을 느끼는 페티시즘의 소유자였다.

H양뿐 아니라 어릴 적 아버지를 증오하고 자란 여성들 대부분이 절대 아버지 같은 사람은 만나지 말아야지 하고 다짐한다. 하지만 결국 자기도 모르게 그런 남자를 만나고 헤어지는 과정을 되풀이하고 있다.

경제력으로 보상받으려는 심리

H양이 어릴 적 맺어온 주된 인간관계에서는 아버지와 어머니, 언니, 바로 이 세 사람이 주인공이다. 아버지의 무능력으로 어머니가 생활전선에 뛰어들면서 그녀는 한창 보살핌이 필요한 나이에 기본적인 돌봄조차 받을 수 없었다. 게다가 언니마저 그녀를 때리고 괴롭혔다.

전반적으로 인간관계에 대한 피해의식이 자리 잡을 수밖에 없는 상황이었다. 이런 열악한 환경에서 아버지가 보여준 무능력과 외도는 남자에 대한 그녀의 인식을 더욱 악화시키기에 충분했다. 어느새 H양의 머릿속에는 '남자들은 모두 짐승 같다'는 피해의식이 자리 잡게 되었다.

누구보다 아름다운 외모를 갖고 있었지만 그녀는 자신감이 심하게 떨어져 있었고 늘 주눅이 들어 있었다. 게다가 어쩔 수 없이 여러 가지로 남자한테 경제적으로 기댈 수밖에 없었는데, 이 또한 그녀의 열등의식을 더욱 악화시켰다. 이런 열등감은 남자를 고르는 데 나쁜 영향을 미치기에 충분했다.

그녀는 아버지 같은 사람을 만나면 절대 안 된다는 생각에 너무 강하게 사로잡혀 있어서 오히려 아버지처럼 무능하거나 바람기 있는 남자를 자꾸 만나게 되었다. 이 악순환에서 벗어나기 위해서는 무엇보다 본인이 이 사실을 먼저 깨달아야 한다. 그리고 어렵겠지만 본인의 경제적인 문제는 스스로 해결하려고 노력해야 한다. H양의 경우, 요리에 소질이 있으니 그쪽으로 나아가보라고 권해 주었다.

그리고 이유 없이 여자를 의심하는 H양의 남자친구에게도 문제가 있었다.

상대방을 의심하는 '의처증'이나 '의부증' 밑에는 반드시 열등의식이 작용하고 있는데 H양이 먼저 만났던 남자의 경우도 사랑에 대한 결핍감이 커서 자신에 대한 자신감이 부족했다. 그는 이 부족한 부분을 돈으로 보상하려는 경향을 보였다.

또 상대방을 의심하는 사람의 심리에는 자신이 현재 바람을 피우고 있거나, 아니면 바람을 피우고 싶다는 욕구를 강하게 갖고 있는 경우가 많다. 예를 들어 내 동료는 꿈에서 아내가 근사한 남자와 춤추는 모습에 화가 나서 잠에서 깼다고 한다. 꿈인데도 너무 생생해 기분이 언짢았다고. 하지만 자세히 들여다보면 아름답고 젊은 여성과 춤을 추고 싶어하는 욕망은 아내가 아닌 자기 자신에게 있었다.

이 남자도 자신이 바람을 피우고 있었기에 H양이 바람을 피우지는 않을까 하는 불안에 휩싸였던 것이고 그 의심이 나아가 의처증으로 발전했던 것이다.

조건에 집착하지 않기

• 자신의 장점과 특기를 발전시키자

상대의 조건에 의지하는 것은 자신감이 부족하기 때문이다.

• 경제적으로 독립하자

정당하지 않게 경제적으로 상대에게 의존하다 보면 언젠가 반드시 그 대가를 치러야 함을 잊지 말아야 한다.

• 여자를 의심하는 남자를 의심하자

의처증이나 의부증을 지닌 사람들은 대개 스스로 외도를 바라는 잠재된 욕구를 갖고 있다.

사랑보다
섹스가 먼저

올해 스물둘인 I양은 겉보기에 무척 정숙하고 우아한 외모를 지니고 있었다. 게다가 첼로를 전공하고 있어서 누구나 좋은 집안에서 사랑받고 자란 딸이라고 생각했다.

하지만 그녀에게는 꺼내놓기 쉽지 않은 어두운 상처가 있었다. 여섯 살 때 이웃에 살던 고등학생에게 성추행을 당한 것이다. 그 고등학생은 어른들이 집을 비운 틈을 타 그녀에게 성추행을 시도했다. I양은 그 학생이 성기를 삽입해 어린 자신이 무척 아파했던 기억을 지금까지 간직하고 있었다.

당시 그녀는 이 사실을 어머니에게 이야기하고 싶었지만 차마 하지 못했다고 했다. 그날은 어린 그녀 눈에도 어머니가 무척 날카로워 보였던 것이다. 조금만 잘못해도 심하게 야단을 치고는 했기에 또 야단을 맞을까 봐 겁이 났다고 했다. 그녀는 그런 어머니에게서 따뜻함을 전혀 느끼지 못했다.

사실 당시 그녀의 어머니는 시집과의 갈등으로 고통받고 있었고 아버지와도 불화를 겪고 있었다. 결혼생활에 회의를 느끼고 이래저래 마음을 잡지 못하고 방황하고 있었던 것이다.

공무원이었던 I양의 아버지는 매우 차갑고 냉정한 성격을 갖고 있었다. 그런 성격은 가족들에게도 다르지 않아 고지식하고 강압적인 태도로 일관했다.

그에 비해 어머니는 섬세하고 나약했기 때문에 사소한 일에도 상처받고 그에 따라 매우 예민한 반응을 보였다. 이렇게 서로에게 불만이 많은 부모 사이에서 그녀의 심리는 몹시 불안정했고 위축되어 있었다.

이런 상황에서 성추행을 당했다고 누구에게도 이야기할 수 없었다. 그렇게 슬픈 비밀을 간직한 채 그녀는 자랐다. 그러다 사춘기에 접어들고 성에 대해 알게 되면서 '아, 내 몸은 이미 더러워졌구나. 난 평생 결혼하지 말고 혼자 살아야 하나 봐'라고 생각하기에 이르렀다. 스스로를 불결한 여자로 여기는 자기 비하감이 뿌리 깊게 자리 잡은 것이다.

I양은 지금이라도 자신에게 잊을 수 없는 상처를 준 이웃집 고등학생을 찾아가 복수하고 싶다고 했다. 그리고 그에 못지않게 도움이 필요한 자신을 그냥 무심하게 버려둔 어머니도 밉다

고 했다.

I양은 감정 기복이 무척 심했다. 어떤 때는 날아갈 듯 기분이 좋다가도 순식간에 외로움이 찾아오면 견디기 힘들어했다. 그럴 때면 혼자 술을 잘 마시는데, 취하면 습관적으로 아무에게나 몸을 내맡겼다.

내가 보기에 I양은 섹스를 통해 사랑을 확인하고 싶어하는 것 같았다. 이런 그녀의 내면에서 성적인 충동이 일면 참기 어렵다. 섹스를 할 수 없는 상황에서 외로움이 찾아들면 강박적으로 자위행위를 해서라도 자신을 위로해야만 한다.

이런 까닭으로 I양의 남자관계는 오래 지속되는 법이 없었다. 가까울 때는 금방이라도 죽을 것처럼 사랑을 나누다 감정이 틀어지면 또 언제 그랬느냐는 듯 격렬하게 다투고는 헤어졌다. 이런 과정을 되풀이하고 있는 그녀에게 가까운 친구들은 '섹스 중독증'이 아니냐며 걱정했다.

사실 성에 대한 상처가 없는 젊은이들도 때로는 섹스와 사랑을 혼동하는 경우가 많다. 그만큼 섹스는 가장 강렬한 감각을 동반하기 때문에 섹스를 통해서 사랑을 확인하는 사람들이 많은 것이다.

하지만 사랑이 동반된 섹스가 생명력이 긴 것에 반해, 그렇지 않은 경우는 곧 싫증이 나고 또다른 욕망을 찾아 헤맬 수밖에 없다는 것을 명심해야 한다.

자신의 몸은 이미 더렵혀졌다는 절망감

어릴 적 당한 성추행은 상상할 수 없을 만큼 깊은 후유증을 남긴다. 상대에 대한 분노도 분노지만 이 경우에는 무엇보다 자신을 제대로 보호해 주고 감싸주지 않은 어머니에 대한 분노가 더 크다.

강압적인 아버지와 신경질적인 어머니 사이에서, 엄청난 일을 당하고서도 혼날까 봐 전전긍긍했을 아이의 모습을 떠올리니 애처롭기 그지없었다. 지금 그녀가 아무하고나 섹스에 탐닉하는 것은 자기 비하에 빠져 스스로를 전혀 존중할 수 없기 때문이다. 이왕 더렵혀진 몸, 아무려면 어떠냐는 식으로 자포자기하고 있는 것이다.

그러나 이런 충동적인 행동이 계속 되풀이된다면, 그녀의 인생에 어두운 그림자가 드리울 확률이 높다. 창창한 그녀의 앞날을 위해 먼저 과거를 과거로 묻고 현재를 현재로서 소중하게 받아들이는 태도가 필요하다. 그리고 자기 존중감을 높이는 데 모든 노력을 기울여야 한다.

이는 자신이 조금이라도 자신감을 갖고 있는 영역을 집중적으로 계발해 나간다면 나아질 가능성이 많다. 스스로를 조금이라도 덜 미워하고, 조금씩이라도 사랑하고 존중하게 될 때 뿌리 깊은 내면의 상처도 줄어들 수 있다.

또 그녀에게는 '교정적 정서경험'을 갖는 것이 필요하다. '교정적 정서경험'이란 세상 모든 남자들이 아버지처럼 그렇게 딱

딱하고 차갑지만은 않다는 사실을 실제 인간관계에서 경험하는 것을 말한다.

세상 모두가 자기를 미워한다고 생각했던 장발장이 신부님의 사랑을 통해 이 세상에 자기를 괴롭히는 사람만 있는 것이 아니라고 깨달은 감정의 변화야말로, 장발장에게 일어난 '교정적 정서경험'이다. 이때의 감동이 장발장의 인생을 전혀 다르게 바꿔 놓는 원동력이 되었다는 것을 우리는 이미 잘 알고 있다.

사실 나는 남성 치료자임에도 불구하고 매우 부드럽고 여성적이라는 평을 듣는 경우가 많다. 그래서 그런지 나에게는 너무 강하고 독재적인 아버지나 남편 때문에 피해를 입은 여성 환자들이 많이 찾아오고 또 그런 경우 치료효과도 매우 높고 좋은 편이다. 이것은 환자의 입장에서 보면 여태까지 이 세상에는 아버지나 남편처럼 억세고 강한 남자만 있는 줄 알다가 부드러운 치료자를 만나는 자체가 치료효과가 있다고 보아야 할 것이다.

이와 마찬가지로 I양이 세상에 진정으로 자신을 사랑해 주는 남자도 있다는 것을 알 수만 있다면, 그때 느끼는 감정이 그녀에게 찾아온 '교정적 정서경험'이 되어줄 것이다.

I양처럼 성추행의 경험이 없다고 하더라도 섹스에 중독된 사람들이 있다. 이들에게는 대부분 섹스를 통해 불안과 스트레스를 해소하려고 하는 요인이 숨어 있다.

섹스 중독자는 열등감이나 정서불안, 우울증 등을 풀기 위해 섹스에 빠지게 된다. 섹스에 대한 욕구로 인해 인간관계에 금이 간 일이 있다거나 상대에 상관 없이 술자리의 끝은 반드시 섹스로 끝내야 한다든지 강박적으로 섹스를 하게 된다면 자신의 성생활이 문제가 있다고 판단하고, 건강한 성욕과 섹스에의 집착 사이에서 자신을 돌아봐야 할 것이다.

마음 분석 노트 절망감에서 벗어나기

• 심리적인 문제를 섹스로 해결하려 하지 말자

후회가 되는 성관계라면 본인만 상처받을 뿐이다. 내면을 먼저 치유하라.

• 교정적 정서경험을 갖는 것이 반드시 필요하다

진실한 남자를 만나 진지한 관계를 유지하려는 노력이 필요하다.

• 때로는 전문가의 상담이 필요할 수 있다

어릴 적 받은 상처를 혼자 극복하기 어렵다면 주저 말고 전문가를 찾아가라.

Part 4

나의 반쪽을 찾아라

타임아웃의
함정을 피하라

'마음을 지배하는 감정'이 배우자 선택에 어떤 영향을 미치는 지 여러 예를 들어 살펴보았다. 거듭 이야기하지만 결혼하기 전에 반드시 자신의 마음뿐만 아니라 상대방의 문제 또한 잘 파악하고 이해하는 것이 무척 중요하다. 자신과 상대방의 감정, 성격상의 장점과 약점, 성장 배경과 마음속의 상처 등이 뭔지를 평소에 잘 알아두어야 한다는 것이다. 그러려면 무엇보다 충분한 시간을 갖고 상대를 파악해야 한다.

요즘 사람들은 결혼을 너무 빨리 결정하려는 경향이 있다. 주위 어른들의 성화에 못 이겨 겨우 세 번 만나고 결혼했다는 부부도 있었다. 결국 이들은 신혼여행을 다녀온 지 한 달도 못 되어 이혼 수속을 밟았다.

중요한 결정을 내릴 때 시간에 쫓기는 것만큼 위험한 일은 없다. 결혼할 확률이 높은 상대를 만났다면 시간을 충분히 두고서 마치 '아라비안나이트'라도 듣는 마음으로 상대가 털어놓는 지금까지의 그의 인생에 대해 귀 기울일 필요가 있다. 그런 의미에서 적어도 6개월에서 1년 정도는 사귀어보고 결혼하는 편이 안전하다.

요즘은 결혼정보회사를 통해서도 많이 만나는데, 이럴 때 특히 주의해야 한다. 흔히 커플 매니저들은 빨리 결정하지 않으면 결혼이 급한 좋은 조건의 남자가 다른 사람을 찾아버릴 거라며 재촉하는 경우가 많다. 하지만 조건이 좋을수록 그 안에 잘못된 선택의 위험이 도사리고 있다는 것을 명심해야 한다.

시간을 정해두고 압박에 시달려 결정을 내리는 경우를 가리켜 나는 타임아웃의 함정에 걸린다고 부른다. 운동경기를 보다보면 마지막 5분을 앞두고 상황이 뒤집힐 때가 많다. 경기가 중요하면 중요할수록 더욱 그렇다. 선수들이 타임아웃을 너무 의식한 나머지 생각지도 않은 실수를 저지르는 탓이다. 하물며 인생에서 가장 중요한 결정을 내리는 순간에 타임아웃이 지닌 함정에 빠져서는 안 될 것이다.

타임아웃의 함정에 걸리는 예를 몇몇 들어보면, 먼저 상대가 외국으로 발령이 났거나 유학을 떠나는 경우, 또는 외국에서 일하다 잠시 들어온 경우가 이에 해당한다. 대개 정해진 시간 안에 떠나야 한다는 압박 때문에 결혼을 서두르는데, 이럴 때 자 칫 배우자를 고르는 데 치명적인 실수를 저지를 위험이 있다.

두 번째는 나이 제한이라는 압박에 시달리는 경우다. 흔히 아 홉수라고 해서 '스물아홉은 좋지 않다'든지, '내년이 말띠 해니 올해는 꼭 결혼해야 한다'는 식으로 시간의 압박에 쫓길 때가 있다. 이 역시 신중하지 못한 선택을 할 가능성이 높다.

중요한 결정을 시간에 쫓겨가며 해서는 안 된다는 진리는 결 혼뿐 아니라 우리 인생 전반에 걸쳐 반드시 염두에 두어야 할 사항이다. 미국의 저명한 협상전문가 허브 코헨은 자신의 책에 서 중요한 결정을 내릴 때 시간에 쫓기는 것만큼 위험한 것은 없다고 거듭 강조하고 있다. 하물며 평생을 함께할 배우자를 고 르는 일인데 두말할 나위가 있겠는가. 연인들이여, 함께 두 계 절 이상 겪어보기 전에는 절대 결혼하지 말자.

준비되지 않은
사랑을 서두르지 마라

시간에 쫓겨 성급하게 결정하는 것도 위험하지만, 아직 결혼할 준비가 안 된 상태에서 결혼을 서두르는 것도 문제다. 가장 흔한 예가 원하지 않은 임신 때문에 어쩔 수 없이 결혼하는 경우다. 물론 의식의 전환으로 예전보다 이런 경우가 줄기는 했지만, 그래도 결혼하기 전에 임신했다는 사실은 당사자들에게 엄청난 부담이 된다.

내 친구들 중에서 가장 먼저 결혼한 녀석도 이런 경우다. 종갓집 종손이었던 그는 딸 많은 집에 태어난 귀한 몸이었다. 자연히 집안의 기대와 사랑을 한 몸에 받고 자라 구김살도 없는데다 인물도 좋고 공부도 잘하고 잘 놀았다. 그러다 보니 친구나 주위 사람들에게 당연히 인기가 좋았다.

그러던 그가 어느 날 사랑에 빠졌다. 상대는 같은 과에 다니던 한 학년 위의 선배로, 공부도 잘하는 여학생이었다. 둘은 순식간에 같이 여행을 다닐 만큼 가까운 사이로 발전했다.

그러다 문제가 생겼다. 여자가 임신을 하게 된 것이다. 고민에 고민을 거듭하던 끝에 두 사람은 아이를 낳아야겠다고 결심하고 서로의 집안에 임신 사실을 알렸다. 양쪽 집안 모두 발칵 뒤집혔는데, 특히 여자 쪽의 충격이 컸다. 남자 나이도 아직 어린 데다 생활력도 없었기에 결혼은 있을 수 없다고 했다. 여자 쪽 부모는 아이를 지우고 없었던 일로 하자고 나섰다.

하지만 남자 쪽 집은 생각이 달랐다. 썩 내키지는 않지만 이왕 이렇게 된 것, 결혼시키자고 했다. 뱃속 아이가 바라고 바라던 아들일 수도 있고, 자기 자식과 같은 학교에 다니는 며느리라면 학벌도 괜찮고 인상도 좋아 보였던 것이다.

결국 우여곡절 끝에 두 사람은 결혼을 했다. 내가 의과대학 1학년 때의 일이다. 그때만 해도 기차를 타고 결혼식에 가면서 나는 진심으로 둘의 행복을 빌었다.

하지만 예상대로 둘의 결혼생활은 순탄치 않았다. 연애할 때 품었던 열정만으로는 현실의 벽을 넘기 힘들었던 것이다. 무엇보다 생활비가 가장 문제였다. 여자는 교수가 되고 싶었지만 아직 남자는 대학도 졸업 못 한 상태였다. 그녀에게 대학원 진학은 말 그대로 꿈이었다. 결국 그녀는 대학원 진학을 접고 서둘러 취직해야 했다.

　문제는 그게 다가 아니었다. 철없는 신랑과 그의 총각 친구들도 문제였다. 실은 나도 그 철없는 친구 중 하나였다. 우리는 하루가 멀다 하고 그 친구의 단칸방을 찾아가 밤을 새워 카드놀이를 하며 좀처럼 엉덩이를 떼지 않았다. 돌이켜보면 내가 기억하는 친구의 아내는 무척 좋은 사람이었다. 우리가 그렇게 성가시게 하는데도 싫은 내색 한번 없이 간식을 만들어주고는 했기 때문이다.

　하지만 그녀의 인내에도 한계가 찾아왔다. 끝내 그녀는 딸을 데리고 못 다한 학업을 위해 미국으로 떠나버렸다. 그것으로 어설픈 두 사람의 결혼도 종지부를 찍었다.

　나는 그 친구의 결혼생활을 지켜보면서 여러 가지를 느꼈다. 무엇보다 결혼을 하기 위해서는 남자가 어느 정도 경제적으로 책임을 질 수 있어야 한다는 것이었다. 또 예기치 않은 임신으로 결혼할 경우 여러 가지 부작용이 뒤따른다는 것도 알게 되었다. 특히 이 경우에는 여자가 지적으로 뛰어났기 때문에 학업에 대한 열망이 남달랐다. 그런데도 아이 때문에 공부를 포기해야 했던 것이다. 한창 자신의 미래를 준비해야 할 시기에 임신으로 미래를 송두리째 포기할 수밖에 없었던 셈이다. 그러니 더욱 결혼생활이 자신의 앞날을 방해하는 걸림돌로 여겨졌을 것이다.

　지금도 나는 그 친구를 볼 때마다 두 사람이 몇 년만 더 늦게 결혼했더라면 하는 안타까운 마음을 감출 수 없다.

사랑받은 만큼 돌려주어라

"시대가 변하면 젊은이들이 사랑하는 모습도 바뀌나요?" 가끔 이런 질문을 하는 사람들이 있다. 그럴 때면 난 사랑이나 결혼 문제로 날 찾아왔던 여러 커플을 곰곰이 되돌아본다. 그러다 보면 확실히 몇 가지 달라진 점이 떠오른다.

먼저 쉽게 만나고 쉽게 헤어진다. 사랑도 감각적인 사랑을 선호하고 속도도 빨라졌다. 사랑하는 감정을 느끼면 하룻밤 정도는 쉽게 생각하기도 한다.

싱글로 지내는 것을 즐기던 어느 여성은 몇 달 전에 외국에서 군대 문제로 일시 귀국한 유학생을 만났다고 했다. 몇 개월 뒤에는 다시 외국으로 돌아가야 하지만 그녀는 아무런 조건 없이 그를 사랑했고 순결도 주었다. 결혼할 수 없다는 현실을 인정하면서 말이다. 그녀는 그를 사랑한 것에 대해 조금도 후회하지 않는다고 했다. 떠나야 할 때가 되면 훌훌 떠나보낼 생각이라고 했다.

이렇듯 '혼자'를 고집하는 여성들도 예전보다 자주 눈에 띈다. 혼자일 때의 자유와 독립을 계속 누리고 싶어하는 사람들에게 결혼은 이미 거추장스러운 장애물이 되어버린 셈이다. 이들은 결혼이라는 속박에 얽매이기보다는 독신으로 사는 것을 훨씬 편하게 여긴다.

그러나 아무리 시대가 변해도 근본적으로 바뀌지 않는 것이 있다. 무엇보다 사랑에는 부성애와 모성애가 반드시 필요하다는 것이다. 정신분석학자인 프로이트는 남자와 여자가 결혼할 때는 무의식중에 근친상간의 심리가 작용한다고 했다. 즉, 남자는 어머니와 닮은 여자에게, 여자는 아버지와 닮은 남자에게 자기도 모르게 끌리게 된다는 뜻이다.

그런 점에서 아무리 성인이 된 남녀라고 하더라도 마음속에는 어린 아이가 하나씩 들어앉아 있는 셈이다. 이 녀석은 사랑해 줄 상대를 발견하면 늘 보챈다. 밤에 통화하다 자장가를 불러달라고 보채는 남자는 여자 안에 자리 잡고 있는 모성 본능을 강하게 자극한다. 결국 천생연분이라는 것은 상대가 필요로 하는 만큼의 사랑을 제공해 줄 수 있는 상대를 가리키는 말인지도 모른다.

모성애는, 상대방에게 무엇을 바라기보다는 베푸는 마음이다. 사랑은 단순히 받는 것이 아니라 아낌없이 퍼주는 것이기 때문이다.

그런데 아무리 사랑하는 사이라 할지라도 일방적으로 베푸는 것에는 한계가 있다. 여기서부터 문제가 생기기 시작한다. 아무리 모성애가 흘러넘치는 여성이라고 해도 결코 부모를 대신할 수는 없다.

특히 사랑받고 자라야 할 어린 시절에 충분히 사랑받지 못한 상대를 만난 경우에는 문제가 커진다. 아무리 사랑을 베풀어주어도 내면에 자리 잡은 결핍감은 결코 만족을 모른다. 물론 어느 한쪽이라도 충분히 사랑받고 자란 경험이 있어 상대의 상처나 콤플렉스를 감싸 안을 수 있다면 더할 나위 없이 다행스러운 일이지만 말이다.

그러나 사랑받지 못했다는 공통의 상처를 가진 남녀가 서로를 처음 보는 순간 '이 사람이야말로 나의 외로움을 채워줄 수 있는 대상이구나!' 하는 착각에 빠지는 경우가 많다. 상대에게서 상처 받은 또 하나의 자신을 발견하는 동병상련의 심정 때문이다. 이 경우 사랑이 깊어지면 마치 어린 아이처럼 서로 사랑을 받으려고만 하고 베풀지 못해서 불화를 일으키는 경우가 많다.

흔히들 연인이나 부부 사이를 '일심동체'나 '이심전심'이라는 말로 표현한다. 하지만 현실적으로 두 사람은 결코 하나가 될 수 없다. 그와 마찬가지로 자신이 필요로 하는 모든 것을 채워줄 수 있는 상대는 이 세상에 결코 존재하지 않는다.

서로의 차이를 인정하고 서로의 약점을 이해하면서 끊임없이 가까워지기 위해 노력하는 것. 이것이야말로 사랑에 성공하는 모범 답안이다.

먼저 자신의
마음을 들여다보라

아무리 사이가 좋은 커플이라고 해도 서로 갈등을 겪게 된다. 이런 갈등을 그때그때 처리하고 서로 화해하면 별 문제가 없다. 하지만 그냥 참고 지내면 점점 미움이 쌓이고 그러다 마침내 폭발하기 쉽다.

이런 미움의 감정은 상대방을 상하게 할 뿐만 아니라 그런 감정을 품은 자신의 마음도 상하게 한다. 더구나 가장 사랑해야 할 사람을 어쩔 수 없이 미워하게 될 때 그 미움은 인생에서 가장 강력한 영향력을 발휘한다.

미국에서도 손꼽히는 정신과 의사였던 설리번은 개인이 주위와 어떤 관계를 맺고 있는가에 초점을 두어야 한다는 '대인관계학파'를 창시했다. 그는 뉴욕 북부에서 가난한 농부의 아들로 태어났다. 아버지는 평소에 거의 말이 없었고 어머니는 만성병 때문에 늘 몸져누워 있었다. 덕분에 설리번은 몹시 외로운 어린 시절을 보내야 했다. 대화를 나눌 사람이 아무도 없었기 때문에 어린 설리번은 농장에 있는 동물들을 친구 삼아 지냈다.

이런 그가 정신과 의사가 된 뒤에 정신분열증을 연구하던 때의 일이다. 커다란 암거미가 그의 몸을 거미줄로 친친 감고 잡아먹으려 드는 꿈을 꾸었다. 소스라치게 놀라서 일어나 불을 켰지만 여전히 자신의 침대 위에는 암거미가 기어다니고 있었다. 그는 곧 자신에게 정신병이 발병할 위험이 있다는 사실을 깨닫고는 당시 유명했던 정신과 의사 클라라 톰슨을 찾아가서 정신분석을 받았다.

이때 어머니의 사랑이 결핍되어 있던 설리번은 일부러 모성이 느껴질 수 있는 여자 의사에게 분석을 받았다. 치료받고 마음속 불안은 많이 줄어들었지만, 그래도 여성에 대한 두려움은 완전히 사라지지 않았다. 결국 설리번은 눈 감는 그 순간까지 독신으로 지냈다. 여자 환자를 상담할 때도 많은 어려움을 겪었다고 한다.

설리번이 꿈에서 본 암거미는 어떤 의미에서는 보살핌이 필요한 시기에 그를 돌봐주지 않고 내버려둔 어머니를 상징하는지도 모른다. 마음속에 어머니에 대한 강한 원망과 적개심이 있었기 때문에 그런 모습으로 꿈에 나타난 것이다.

결국 자기 자신을 부정하는 현상은 가장 사랑해야 할 대상인 부모를 미워할 수밖에 없는 이율배반적인 상황에서 빚어지는 갈등이라고 볼 수 있다.

부모는 오늘날의 자신을 있게 한 뿌리와 같은 존재로, 이 존재를 부정하는 것은 결과적으로 스스로에 대한 부정으로 연결된다. 그리고 자신에 대한 부정적인 감정은 인생에 반려가 될 배우자 선택에 치명적인 실수를 하게 만든다.

이처럼 자기 마음의 문제를 치료하지 않은 채 사랑하면 실패할 가능성이 높다. 자신의 과거 사랑의 형태를 돌아보자. 비슷한 유형의 남자들을 만나 같은 이유로 이별을 반복하고 있다면 내면의 문제일 가능성이 크다. 무엇보다 자신의 마음속을 먼저 들여다봐야 할 것이다.

자기 존중감을 회복하라

좋은 배우자를 고르기 위해서는 무엇보다 자기 스스로에 대한 자신감과 존중감을 회복해야 한다. 가끔 사람들에게 정신이 건강한지 아닌지 어떻게 아냐는 질문을 받을 때가 있다. 그럴 때마다 난 주저 없이 답해 준다. 정신건강은 한마디로 '자기존중'인 동시에 '자기사랑'이라고 말이다. 더 쉽게 말하면, 자기를 존중하고 사랑할 수 있는 사람은 정신적으로 건강하지만, 반대로 자기를 사랑하지 못하고 미워하는 사람은 정신이 아프다고 할 수 있다.

돌이켜보면 나도 대학을 다닐 때 깊은 열등감에 사로잡혀 있었다. 지금 생각하면 앞날에 대한 희망과 야망에 휩싸여 있어야 할 시기였는데도 스스로를 세상에서 가장 못났다고 여기고 있었던 것이다. 물론 나중에 정신과 의사가 되어 나 스스로 정신 치료를 받고 열등감의 원인을 확실하게 깨닫고 난 뒤에는 오히려 환자를 이해하는 데 도움이 되는 경험이었다. 하지만 그 전까지 이 정체 모를 감정은 두고두고 나를 괴롭혔다.

그렇다면 이 고통스러운 감정에서는 어떡해야 벗어날 수 있을까? 물론 다들 스스로 심리학자나 정신과 의사가 되어 마음의 세계에 대해 공부하고 심리치료도 받을 수 있다면 좋겠지만, 이는 현실적으로 어려운 일이다. 그렇다면 좀 더 쉽게 자신의 문제를 해결하는 방법은 없는 것일까?

앞서 이야기한 대로 자신의 '마음을 지배하는 감정'을 파악하는 일이 가장 먼저다. '마음을 지배하는 감정'은 인생에서 가장 억울하고 한으로 남은 '응어리진 감정'이다. 즉 이 응어리진 감정이 과거에 너무 강한 인상을 남겨서 현재까지 그 감정의 지배를 받게 되는 것이다. 이런 경우를 가리켜 우리는 '과거가 현재를 살며 영향을 미치고 있다'는 말로 표현한다.

그런 의미에서 과거의 경험에서 자유로워질 수만 있다면 누구나 정신적으로 건강해질 수 있다. '우리가 이 세상을 살아가는 것은 마치 착각과 꿈속을 사는 것과 같다'라는 옛 성인의 말도 곰곰 생각해 보면, 과거에 대한 집착으로 그 영향에서 벗어나지 못한다는 뜻이기도 하다.

상대방이 누구를 상징하는지 파악하라

요즘은 연상연하의 개념이 달라지고 있다. 워낙 나이차가 많이 나는 커플들이 늘고 있기 때문이다. 심지어는 한 대학원생에게 다섯 쌍 중 한 쌍이 연하의 남자와 사귄다는 이야기를 듣고 나는 적잖이 놀랐다.

여자는 젊을 때 나이 많은 남자와, 나이 들어서는 오히려 젊은 남자와 사는 것이 이상적이라는 주장도 있다. 하지만 이렇게 나이차가 많이 나는 연상연하 커플이나 부부의 경우에도 어떤 심리적인 이유가 두 사람의 관계에 영향을 미치고 있지는 않은지 살펴볼 필요가 있다. 지금은 괜찮지만 나중에 찾아올 갈등을 감당하지 못할 수도 있기 때문이다.

연상연하의 심리를 들여다보면, 대개 남자와 여자의 무의식적인 욕구가 서로 맞아떨어지는 경우가 많다. 예를 들어 어려서부터 누나와 사이가 무척 좋아서 누나를 이상적인 여성으로 생각해 온 남자가 있다고 치자. 이 남자는 자기도 모르게 누나처럼 연상인 여성을 만나면 마음이 편안해지는 것을 느낀다. 사람은 대하기 편하고 느낌이 좋은 사람에게 끌리게 마련이니, 자연스럽게 상대 여성에게 가까이 다가가게 될 것이다.

이때 상대 여성이 어떤 태도를 보이느냐에 따라 두 사람의 관계는 달라진다. 만약 남동생이 있어 어릴 때 동생에게 괴롭힘을 당했거나 귀찮게 해 짜증났던 경험이 있다면 자연히 연하의 남자가 동생처럼 귀찮고 성가실 뿐이다. 반대로 성격 좋은 남동생 덕분에 즐거웠던 기억을 갖고 있다면 연하의 남자에게 좋은 감정을 가질 수가 있다.

이는 거꾸로 못된 오빠를 둔 여성도 마찬가지다. 이런 여성은 자신도 모르게 연상의 남자들은 어릴 적 오빠가 그랬듯이 자신을 괴롭힐지도 모른다는 왜곡된 남성상을 갖게 될 수 있다. 이때 여성은 자기보다 어려서 동생 같은 남자가 더 안전하고 편안할 것이라고 기대한다.

이렇듯 자신의 특정 경험으로 왜곡된 생각을 확대 해석해 선입견을 갖는 것을 우리는 '사고나 감정의 일반화'라고 부른다. 그런데 커플이나 부부 상담을 하다보면 이렇듯 어떤 '일반화'된 생각으로 사랑에 빠지거나 결혼해 놓고는 정작 그 이유를 들어 헤어지겠다고 하는 경우가 많다. 누나처럼 푸근하다는 이유로 결혼해 놓고는 정작 누나처럼 행동하니까 자신을 무시한다고 느낀다. 자신을 괴롭히지 않을 것 같다며 동생 같은 남자와 결혼해 놓고는 무능하다며 헤어지고 싶어한다.

이렇게 과거에 자신에게 중요했던 인물에게 느낀 감정을 현재의 대상에게 대신 찾으려고 하는 경우를 '전이감정'이라고 부른다. 물론 사랑하는 감정을 전이하는 경우도 있지만, 반대로 미워하는 감정을 고스란히 옮기는 경우도 많다. 이럴 때 당하는 사람 입장에서는 당연히 '종로에서 뺨 맞고 한강에다가 화풀이한다'는 생각이 들 것이다. 혹시 지금 눈앞에 있는 상대가 과거의 어떤 인물을 상징하고 있는 것은 아닌지 잘 생각해 볼 필요가 있다. 그리고 지금은 이런 면이 좋아서 만날 수도 있지만 그 사람의 장점이 약점이 될 경우도 미리 생각해 보자.

부모로부터 떠나라

결혼을 이야기할 때 가장 자주 인용되는 말이 "이러므로 남자가 부모를 떠나 그 아내와 연합하여 둘이 한 몸을 이룰지로다"라는 성서의 한 구절이다. 이는 진정한 의미의 결합이 이루어지기 위해서는 부모를 떠나는 일이 첫 번째 전제 조건이라는 뜻이다. 이는 여자도 마찬가지다. 이때 '떠난다'는 말은 꼭 육체적으로 분리되는 것만을 가리키지 않는다. 그보다 지금까지 자신을 길러준 부모에게서 정신적으로 독립해야 한다는 뜻이다.

인간은 누구나 태어나는 동시에 독립을 향해 자라게 된다. 하지만 독립을 잘하기 위해서는 어린 시절에 부모에게 충분히 의존하는 경험 또한 필요하다. 즉, 부모 입장에서는 자식이 도움을 진정으로 필요로 하는 어린 시절에는 충분히 보살펴 안정감을 갖게 해주어야 하지만 어느 정도 독립이 가능한 때가 오면 스스로 미래를 개척할 수 있도록 아이에게 자율성을 주고 거기에 따르는 책임도 지게 하는 것이 좋다.

하지만 유독 우리나라 부모들은 아이가 성인이 되어도 품에서 놓아줄 생각을 안 한다. 예를 들어 대학 등록금 문제를 생각해 보자. 나는 외국인 환자들도 자주 상담하는 편인데, 물어보면 열이면 아홉이 스스로 대학 등록금을 벌었다고 한다. 이렇게 스무 살을 기점으로 더는 부모에게 의존하지 않고 스스로 경제적인 문제를 해결해 가는 만큼, 결혼할 때도 부모에게 의존하는 일이 거의 보기 드물다.

하지만 우리나라는 어떤가. 집에서 귀여움을 많이 받고 자란 한 여성은 딸의 앞날을 너무 걱정하는 아버지 때문에 배우자 고르기가 여의치 않다. 번번이 남자들에게 온갖 이유를 들어 퇴짜를 놓는 아버지를 보면, 도대체 딸이 결혼을 하는 것인지 아버지가 결혼을 하는 것인지 구분이 잘 안 될 정도이다.

이는 아버지가 심리적으로 딸을 놓아주지 못해서 벌어지는 일이다. 얼핏 보면 귀여운 딸을 진정으로 행복하게 해줄 훌륭한 신랑감을 찾고 있다고 하지만, 실은 모두 아버지의 과한 욕심이 작용하고 있을 뿐이다. 이러한 마음은 자칫 딸의 결혼을 망칠 수도 있다는 것을 명심해야 한다.

또 지나치게 많은 혼수나 화려한 결혼식은 자식이 떠나는 것

을 힘들어하는 부모의 무의식이 빚어낸 결과일 때가 많다. 부모로서는 자식을 위해 한 일이지만, 정작 당사자들에게는 부모에 대한 의존심을 떨치지 못하게 만들어 결혼한 뒤에도 부모 곁을 맴도는 결과를 낳는 것이다.

실패하는 인생을 사는 가장 큰 원인을 들라고 하면 나는 주저 없이 '의존심'을 들고 싶다. 뭔가 믿는 구석이 있으면 열심히 노력하기보다는 기대려는 마음이 생기기 때문이다. 그런 의존심이 자기 발전에 마이너스가 되는 것은 당연하다.

결혼한 뒤에도 급한 일만 생기면 부모에게 도움을 요청하거나 돈을 타 쓰는 젊은 부부들을 더러 본다. 이럴 경우 당사자끼리 문제가 생겼을 때도 스스로 해결하지 못하고 부모에게 기대어 해결하려는 통에 문제가 더 복잡해진다. 스스로의 행복을 위해 스스로 판단해야 할 문제인데도 판단 자체를 부모에게 떠넘겨 그릇된 영향을 받는 것이다. 아무리 부모라고 해도 너무 의존하면 부작용이 따른다는 것을 성인으로서 잊어서는 안 된다.

늑대를 피하고자
호랑이굴에 들어가지 마라

자식을 떠나보내지 않으려 드는 부모가 있는가 하면, 오히려 자식에게 떠나기를 강요하며 등을 떠미는 부모도 있다. 이 역시 배우자를 고를 때 문제가 생기게 마련인데, 대개 원하지 않는 결혼을 마지못해 하는 경우가 많다.

나의 어머니를 예로 들어 살펴보자. 폐결핵을 앓던 외할머니는 다섯 살배기 어머니를 남겨두고 세상을 떠났다. 그리고 얼마 안 있어 새어머니가 들어왔다. 당시로서는 보기 드물게 많이 배운 여성이었지만 성격은 그리 좋지 않았던 모양이다. 게다가 그 뒤로 내리 다섯 아이들을 낳았다. 자연스레 나의 어머니는 계모와 함께 지내는 콩쥐 같은 존재가 되었다.

계모는 한시라도 빨리 전처의 딸인 어머니를 결혼시켜 내보내고 싶었던 모양이다. 그래서 어머니가 결혼 적령기가 되자마자 서둘러 혼처를 정했다. 당시 배우자로 정해진 나의 아버지는 젊은 시절 폐결핵을 앓아 건강이 좋지 않았다. 양쪽 집안사정을 잘 알고 있던 중매쟁이는 이 사실을 계모에게 귀띔해 주었다. 그런데도 계모는 그 사실을 어머니에게 알리지 않은 채 결혼을 밀어붙였다.

결국 훗날 아버지의 폐결핵이 재발하는 통에 우리 가족은 몹시 어려운 시절을 보내야 했다. 그때 어머니는 계모가 그 사실을 숨긴 채 결혼을 강요한 것이 무척 원망스러운 듯 보였다.

내게 찾아와 불행한 결혼생활을 호소하는 환자들 중에서도 이런 경우를 가끔 본다. 하필이면 결혼 적령기에 부모님이 돌아가셔서 오빠 집에서 얹혀살며 눈칫밥을 먹었다거나, 부모의 불화가 너무 심해 지옥 같은 집에서 벗어나고 싶었거나, 계모의 학대가 싫어 일찍 집을 나왔다거나 하는 식으로 떠남을 강요받는 상황이라면 더욱 배우자 선택에 신경을 써야 한다. 대개는 '아무리 나빠져도 지금보다는 낫겠지' 하는 절박한 심정으로 상대의 흠을 덮어버린다. 하지만 이런 때일수록 눈앞의 고통을 피하기 위한 선택이 평생에 걸친 불행의 싹이 될 수도 있다는 사실을 되새겨야 한다.

사실 강요당하는 결혼을 한다고 해도 내면으로는 부모에게서 떠나지 못하는 경우가 많다. 자신을 불행으로 내모는 부모를 마음속으로 미워하고 있기 때문이다.

누군가를 강렬하게 사랑하거나 미워하는 것 모두 감정적으로 그 사람에게서 떠나지 못한다는 뜻이다. 자칫 늑대를 피해 달아난다는 것이 그만 호랑이굴로 뛰어드는 우를 범하게 된다는 것을 잊지 말자.

과거의 사랑에 집착 말고 현재에 집중하라

언뜻 사랑은 불을 닮았다. 성냥불 하나가 추운 날 얼어붙은 마음을 녹여주기도 하지만 때로는 무섭게 건물 하나를 통째로 집어삼키기도 한다. 이렇듯 사랑은 불처럼 가장 다정하면서도 한편으로 가장 잔인한 두 얼굴을 가졌는지도 모른다.

그렇다면 사랑의 양면성에서 자유로워지는 길은 없을까? 물론 사랑하지 않으면 아픔도 없다. 하지만 사람은 혼자서 외로움을 극복할 수 없고, 자연히 둘이 되기를 소망하게 마련이다.

나는 무엇보다 사랑이란 감정이 강물처럼 끊임없이 흐르고 변한다는 사실을 인정하라고 말하고 싶다. 세상 모든 것은 변한다. 사랑도 결코 예외는 아니다. 어떤 의미에서 보면 지나간 사랑도, 미래의 사랑도 없다. 오직 현재의 사랑만 있는 것이다. 현재라고 믿는 순간도 눈 깜짝할 새 과거가 되어버린다.

우리는 어제 사랑한다는 말을 들었기 때문에 오늘도 상대가 나를 사랑한다고 믿는다. 하지만 어제의 사랑이 좋았다고 해서 그 사랑이 결코 오늘의 사랑이라고는 말할 수 없다. 말이 안 된다고 여길지도 모르지만, 어제의 사랑을 계속 이어가기 위해서는 오늘 열심히 사랑하는 수밖에 없다.

결코 깨어지지 않는다는 다이아몬드가 사랑의 상징이 된 것은 결국 사람들도 그만큼 사랑이 잘 변하고 깨어지기 쉽다는 것을 인정하고 있기 때문일지도 모른다.

연애할 때는 하루라도 보지 않으면 몸살을 앓던 연인들이 동거하거나 결혼한 뒤에는 서로에게 심드렁해지는 까닭도 여기서 찾을 수 있다. 이유는 간단하다. 언제든 만날 수 있고 언제든 사랑할 수 있기 때문이다. 다시 말해 사랑을 방해하던 요소들이 없어졌기 때문에, 아니 사랑할 수 있는 기회와 조건에 제한이 없어졌기 때문이다.

연애할 때는 헤어질지도 모른다는 사실이 둘을 더 가깝게 묶어준다. 하지만 동거나 결혼을 하게 되면, 앞으로는 함께 있을 수밖에 없다는 현실이 두 사람을 방심하게 만들고 태만하게 만드는 역설이 성립되는 셈이다.

나에게 이혼 상담을 받으러 찾아오는 부부들 중에는 오랜 연애 끝에 힘들게 결혼에 골인했던 부부들도 적지 않다. 연애 때는 그토록 좋아 죽던 남녀가 결혼한 지 채 몇 년도 안 되어 서로 치고받으면서 둘도 없는 원수가 되는 것이다.

그럴 때마다 나는 문득 두 사람이 결혼하지 않고 연애만 하다 헤어졌다면 지금쯤 서로를 어떻게 떠올릴까 하고 생각해 본다. 아마 희미한 추억을 더듬으면서 서로를 그리워하고 있지는 않을까? 적어도 이렇게 원수처럼 미워하고 있지는 않을 것이다.

그런 점에서 한편으로 사랑은 공기 같다는 생각도 든다. 사랑이 원만하게 잘 나아갈 때 우리는 사랑의 소중함을 잊고 산다. 그러다 사랑을 잃어버리거나 빼앗길 때가 오면 비로소 그 소중함을 깨닫는다. 그리고 나서는 늘 사랑을 그리워하면서 미련을 남기고 살아가는 어리석음을 범한다. 이런 어리석음을 저지르지 않으려면 현재의 사랑이 소중하다는 것을 깨달아야 한다. 톨스토이는 '사람은 사랑으로 산다'고 했다. 이처럼 사람이 사랑 없이 살 수 없다는 것은 마치 우리가 공기 없이 살 수 없는 것과 마찬가지인 것이다.

사랑을 지켜주는
황금 비율을 찾아라

얼마 전 한 청년이 금발의 외국인 아가씨를 데리고 찾아왔다. 두 사람은 아직 신혼이었고, 아내는 대학에서 영어 회화를 가르친다고 했다.

이국적이면서도 세련된 그녀는 곧 학생들의 마음을 사로잡았다. 대학원생들은 그녀와 데이트하고 싶어 안달이었다. 이미 몇몇은 온 정성을 다해 그녀에게 프러포즈까지 한 상태였다. 그런데도 그녀가 애인으로 고른 사람은 어리숙해 보이는 시골 출신 학생이었다.

이유는 간단했다. 그 남자가 결코 배신하지 않을 것처럼 보였기 때문이다. 두 사람은 곧 깊이 사랑하는 사이가 되었고 마침

내 결혼을 약속하기에 이르렀다. 국적이나 인종의 차이는 아무런 문제도 되지 않았다.

그러다 사건이 생겼다. 남자가 친구들과 어울려 여자들이 나오는 유흥업소에 갔던 것이 우연히 들통났기 때문이다. 여자는 분노에 치를 떨었다. 별일 없었다는 남자의 말도 소용이 없었다. 서구적인 가치 기준에서는 애인이나 아내가 있는데도 다른 여자와 술을 마시면서 즐긴다는 자체가 용납할 수 없는 일이었다.

결국 이 일로 그녀는 남자와 헤어지기로 마음을 먹었다. 이런 그녀의 태도에 남자는 당황했다. 무슨 일이 있었던 것도 아니고 유흥업소 한 번 갔다고 헤어지자니, 그로서는 이해할 수가 없었다. 그래도 여전히 그녀를 사랑했던 그는 싹싹 빌면서 다시는 그런 데 가지 않겠다고 맹세했다. 이렇게 겨우 위기를 넘긴 두 사람은 무사히 결혼했고 행복한 신혼생활을 이어갔다.

그러던 어느 날, 새벽까지 들어오지 않는 남편을 기다리던 그녀는 술에 취해 들어온 남편의 셔츠에서 립스틱 자국을 보고 말았다. 남편은 회사 친구들과 술을 마시다 2차로 어쩔 수 없이 유흥업소에 들렀다고 변명했지만, 이미 그녀는 맹세를 지키지 않은 남편에 대한 분노와 배신감에 화가 나 있었다. 그 뒤로 두 사람의 관계는 점점 나빠졌고 결국은 이혼 상담을 받기 위해 나를 찾아온 것이다.

나는 이 부부의 심상찮은 사랑 이야기를 들으며 '사랑은 성취

하는 것보다 유지하는 것이 더 힘들다'라는 말이 문득 떠올랐다. 더불어 사랑을 지켜가는 데 가장 중요한 것은 상대가 가장 원하는 것과 가장 싫어하는 것이 무엇인지 파악하고 이를 존중하는 것임을 새삼스레 느꼈다.

나는 서로 갈등을 겪거나 싸움에 지쳐 찾아온 커플을 위해 늘 깨끗한 종이 두 장을 준비한다. 남자와 여자에게 한 장씩 건네고는 앞면에는 상대방이 자신에게 해줬으면 하는 세 가지를, 뒷면에는 절대 하지 말았으면 하는 세 가지를 적게 한다. 나는 이 과정을 '사랑의 3·3 법칙'이라고 부른다. 그런 다음 서로 종이를 바꾸어 읽게 한다. 그때마다 두 사람이 입을 모아 하는 말은, 어쩌면 이렇게 서로 좋아하고 싫어하는 것을 모르고 있었나 하는 것이다. 나는 아무리 심한 갈등을 겪고 있다고 해도 이 3·3 법칙을 한 달만 충실하게 실천할 수 있다면 어떤 관계든 분명 개선될 수 있다고 믿는다.

결국 사랑의 갈등을 봉합하는 가장 좋은 사랑의 묘약은 상대가 가장 원하는 세 가지를 들어주고, 가장 싫어하는 세 가지를 하지 않는, 어찌 보면 평범하고 단순한 원칙에 있다. '남에게 대접받고자 하는 대로 남을 대접하라'는 말은 연인이나 부부에게도 그대로 해당하는 말이다.

싸워보고 결혼하라

배우자 선택에서 주의해야 할 점을 주로 살피다보니, 대부분 문제가 되는 선택만 예를 들어 이야기한 것 같다. 하지만 아무리 강조해도 지나치지 않을 만큼, 결혼이란 선택은 평생의 행복과 불행을 좌우하는 것이기에 신중할 수밖에 없다.

예전에 우리 조상들은 결혼을 결정할 때 집안을 가장 먼저 살폈다. 어떤 부모 밑에서 자랐는가가 그만큼 중요하다고 생각했다. 또 사주팔자와 궁합을 살폈다. 요즘도 결혼을 앞두고 대개 사주나 궁합을 본다. 나도 예외는 아니었다. 대학을 졸업하기 전에 나는 지금의 아내와 결혼을 약속했다. 그런데 어머니가 반대를 하고 나섰다. 외아들인 내게 모든 기대를 걸고 살아온 어머니이기에 어떤 여자도 성에 차지 않아 보였다.

그렇다고 무작정 아들의 선택을 반대할 수만도 없었던 어머니가 꺼낸 카드가 바로 궁합이었다. 어머니에게는 평생 어려운 일이 있을 때마다 찾아가 의논하는 점쟁이가 있었다. 지금 생각해 보면 말이 점쟁이지 워낙에 오랜 세월 동안 찾아가 어려운 일을 상의하다 보니, 어머니에게 그 점쟁이는 카운슬러와 마찬가지가 아니었나 싶다.

어느 추운 겨울날, 난 어머니와 함께 점쟁이를 찾아갔다. 이미 마음속으로는 무슨 일이 있어도 아내와 결혼하겠다고 결심한 상태였지만, 아들 된 도리로 적어도 어머니가 며느리를 맞아들일 마음의 준비를 하도록 일단은 한 걸음 물러서야 한다고 생각했다.

점쟁이는 나와 아내의 생년월일을 받아적고는 책을 뒤적이더니 이렇게 말했다. "궁합은 그렇게 나쁘지도 좋지도 않군요. 점수로 따지면 50점이랄까요. 그런데 아드님 사주는 정말 좋아요. 기다리면 더 좋은 여자가 많이 나타날 텐데 왜 서두르는지 모르겠네."

이 말은 어머니의 생각과 똑같았다. 하지만 내가 뜻을 굽히지 않자 어머니는 돌아오는 내내 눈물을 그치지 않았다.

당시에 궁합이 50점밖에 안 되는 나와 아내였지만, 지금 생각하면 나야말로 아내의 덕을 가장 많이 본 사람이다. 오늘날 내가 이룬 작은 성공 뒤에는 아내의 내조가 있었기 때문이다.

배우자를 고르는 데 궁합이란 개념은 꼭 필요하다. 점집에서 사주팔자로 정해지는 궁합을 믿으라는 소리가 아니다. 그 사람의 됨됨이나 성격이 진정 나에게 맞는지 살피라는 뜻이다.

한 사람의 성격적인 궁합을 이해하기 위해서는 오늘날의 상대를 있게 한 개인의 역사를 이해하는 과정이 반드시 필요하다. 그리고 이러한 개인의 역사 뒤에는 평생에 걸쳐 되풀이되는 자기 문제가 있다는 사실을 꼭 염두해 두어야 한다. 만약 그 사람이 가지고 있는 문제가 이쪽에는 별 문제가 되지 않는다면 괜찮다. 내가 지닌 사랑의 힘으로 덮어줄 수 있다면 오히려 치료가 될 것이다. 하지만 두 사람이 각각 안고 있는 문제가 충돌을 일으켜 서로 받아들일 수 없는데도, 그 사실을 전혀 모른 채 결혼할 경우 불화는 불을 보듯 뻔하다.

그래서 나는 결혼을 앞둔 사람들에게 적어도 몇 번은 싸워보고 결정하라고 말한다. 거꾸로 한 번도 싸워보지 않았다면 아직 결혼을 결정하지 말라는 뜻이다.

싸움 자체도 필요하지만 싸우고 난 뒤에 과연 화해할 수 있는 능력이 서로에게 있는지를 알아봐야 한다. 그리고 싸우고 화해하는 과정을 통해 서로의 갈등이 잘 나타나기 때문에, 상대에 대한 이해를 넓힐 수 있는 기회도 된다. 싸움은 상대방의 마음을 지배하는 감정과 나의 마음을 지배하는 감정이 서로 보완될 수 있는지를 알아보는 중요한 기회다.

사랑의 언어는
통역해서 들어라

싸워보고 결혼하라고 말을 듣고는 정신과 의사가 괜히 커플이나 부부 사이의 싸움을 부추긴다고 탓하는 사람들도 있다. 사실 오래 사귀거나 함께 생활하다 보면 싸움은 피할 수 없다. 이럴 때 서로의 갈등을 어떻게 잘 처리하느냐 하는 것이야말로 두 사람의 관계를 좌우하는 가장 중요한 지점이다.

하지만 싸움이나 갈등이 끊임없이 되풀이된다면 문제가 있다. 그럼 어떻게 해야 싸움을 큰 상처 없이 잘 봉합하거나 예방할 수 있을까?

싸울 때 사람들이 가장 힘들어하는 까닭은 말이나 소리로 서로에게 상처를 입히는 데 있다. 연애할 때 그렇게 다소곳하고 수줍어하던 그녀가 어떻게 한순간 표독스럽게 변해 가장 아픈 곳을 찌르는 말을 주저없이 할 수 있는 걸까? 거꾸로 그토록 다정하게 사랑을 맹세했던 그가 어떻게 난폭한 말과 행동을 연약한 여자에게 퍼부을 수 있을까?

이처럼 고약하게 말하거나 소리치는 것 때문에 서로의 감정이 더욱 격해져 급기야 난폭한 행동까지 서슴지 않게 되기도 한다. 손톱에 온몸을 긁힌 남자나 베개에 짓눌려 질식할 뻔했다는 여자의 하소연을 들을 때마다, 난 왜 그렇게 겉으로 드러난 말의 의미에만 영향을 받는 건지 안타깝기만 하다.

나는 싸울 때는 상대의 말을 반드시 통역해서 들으라고 이야기한다. 당신을 사랑한다고 말하던 그녀가 지금 소리 지르면서 당신을 닦달하는 진정한 이유가 무엇인지 생각해 보라는 뜻이다. 물론 겉보기에는 지금 당신에게 화를 내고 있고 당신을 증오하는 것처럼 보인다. 하지만 정말 당신을 미워한다면 왜 저렇게 화를 내면서 스스로도 괴로워하고 있는지 생각해 봐야 한다. 그냥 뒤도 안 돌아보고 가버리면 그만인데 말이다.

그렇다! 상대가 지금 이렇게 기를 쓰면서 당신에게 욕을 퍼붓고 있는 것은 아직 당신을 사랑하기 때문이다. 비록 그 소리가 듣기에는 괴롭겠지만 그 안에 담긴 진정한 뜻은 "아직도 당신을 사랑하고 있어요" "당신의 사랑에 기대고 싶어요" "제발 날 다시 사랑해 주세요"인 셈이다.

영화 등에서 사랑을 호소하는 장면을 잘 살펴보면 몇 가지 공통된 특징이 있다. 그중 하나는 역시 상대에게 소리로 사랑을 호소한다는 것이다. 은은한 달빛이 비추는 밤, 연인의 방 창문 아래에서 부르는 사랑의 세레나데가 강력한 효과를 지니는 것도 그 때문이다.

나 또한 아내의 목소리가 커지면서 이른바 바가지를 긁기 시작하면 바로 나만의 통역기를 작동한다. '아내가 부르는 사랑의 세레나데가 또 시작되었구나. 그동안 내 사랑의 에너지가 좀 부족했던 모양이야. 오늘은 특별히 더 아내를 사랑해 주어야 되겠군' 하고 말이다.

사랑의 세레나데를 부르는 연인에게 화를 낼 사람은 없다. 나는 사랑 때문에 아파하는 모든 사람들에게 이 아름다운 노래를 들을 수 있는 통역기를 선물하고 싶다.

성격 장애를
가진 자는 피하라

미국정신의학회에서는 성격에 심각한 문제가 있는 경우를 엄연히 정신질환의 하나로 분류한다. 성격 장애에는 크게 세 가지 범주가 있다. 첫 번째는 괴상하고 별난 경향을 보이는 사람들이다. 두 번째는 사람을 회피하거나 강박적인 경향을 가진 사람들로, 대개 불안이 지나치고 심하게 공포를 느낀다. 마지막 세 번째는 연극이라도 하듯이 지나치게 감정적이며, 변덕이 심한 사람들이다.

이중에서도 특히 감정적인 변화가 심한 성격을 '경계선 인격 장애'라고 하는데, 이런 사람들은 뚜렷한 특징이 있다. 말 그대로 정신이 정상과 비정상의 경계에 놓여 있는 셈인데, 경계선은 늘 긴장감에 휩싸여 있다. 휴전선만 떠올려봐도 무슨 뜻인지 이해가 될 것이다.

보통 때는 여느 사람과 다름없이 잘 지내고 정상적으로 생활하다가도 일단 감정이 격해지면 걷잡을 수 없이 폭발하여 꼭 정신병자처럼 행동한다. 양 극단을 왔다 갔다 하는 것이다.

예를 들어 평소 외톨이로 지내던 사람이라면 친구를 사귀면 목숨이라도 내줄 듯 끔찍하게 아끼고 생각해 주다가도, 어느 날 갑자기 조그만 일로 틀어지면 원수처럼 대한다.

그뿐이 아니다. 일이나 직업 선택에도 일관성이 없다. 어떤 때는 그림에 빠져서 마치 대단한 화가라고 될 것처럼 행동하다가, 갑자기 가수가 되겠다고 야단법석을 떨기도 한다. 변덕이 이만저만이 아니라 대체 어느 장단에 맞춰야 할지 갈피를 잡지 못한다.

이렇게 나타나는 증상이 워낙 다양하다 보니, 정신분석을 하는 의사들 사이에서는 치료하기 좀 어렵기는 해도 몹시 흥미로운 질병으로 여기기도 한다.

그동안의 연구에 따르면, 경계선 인격 장애는 태어나서 3세에 이르는 사이에 받는 정신적인 상처가 원인이라는 설이 가장 일반적이다. 다시 말해 아이가 신뢰를 형성해야 할 결정적인 시기에 어머니의 태도가 일관성이 없어 아이를 혼란에 빠뜨린 탓이다. 이럴 경우 아이는 어른이 되어서도 세상에 대한 믿음을 갖지 못하고 신뢰와 불신의 극단을 오가게 된다.

이런 환자들은 잘되면 끼 많은 연예인으로 나갈 수도 있다. 하지만 대부분 사회에 잘 적응하지 못해 주위 사람들과 마찰을 겪는 경우가 많다. 이런 부적응의 밑바탕에는 자신을 돌보아줄 어머니라는 영속적인 대상을 찾아 헤매는 몸부림이 깔려 있다.

경계선 인격 장애를 치료하기란 정말 힘들다. 웬만한 끈기와 인내심을 가진 사람이 아니면 환자가 보이는 심한 변덕과 충동적인 행동을 참아 넘기기가 어려운 것이다.

이때는 환자가 신뢰를 회복할 때까지 치료자가 어머니와 같은 자세로 계속 기다리는 수밖에 없다. 아기가 아무리 보채고 힘들게 하더라도 어머니가 포기하지 않고 돌보듯이, 치료자는 어떠한 상황에서도 흔들리지 않고 꿋꿋하게 환자에게 신뢰를 주어야 근본적인 치유가 된다. 이러한 치료 과정은 많은 시간과 노력이 필요하다.

더구나 환자는 끊임없이 치료자가 믿을 만한 사람인가를 시험한다. 일부러 의사의 약을 올리거나 약속 시간을 멋대로 무시하면서 말이다.

치료가 되지 않으면 배우자와의 관계에서도 많은 문제가 나타난다. 특히 상대방을 이유 없이 의심한다. 이런 불신감은 심한 의처증이나 의부증으로 발전할 수 있다. 거꾸로 심한 자기 불신에 빠져 다른 사람들이 자신을 의심한다는 피해망상에 사로잡히기도 한다.

따라서 지금 사귀거나 결혼을 생각하는 상대가 조금이라도 이런 성향을 보인다면 일단 멈춰 서서 냉정하게 자신과 상대를 돌아볼 필요가 있다. 아무리 조건이 좋은 사람이라고 해도 경계선 인격 장애를 가진 상대와 평생을 함께한다는 것은 생각보다 훨씬 어려운 일이다.

적개심과 의존심을
해결하라

그렇다면 이상적인 배우자란 과연 어떤 사람일까? 이른바 돈 많고, 학벌 좋고, 훌륭한 직업을 가진, 다시 말해 조건 좋은 사람일까? 하지만 이런 외형적인 조건만 보고 결혼했다가 불행해진 사람들은 차고 넘친다. 반면 이런 외형적인 조건은 전혀 중요하지 않으며 오직 사랑만 있으면 된다는 목소리도 있다. 하지만 사랑만 보고 결혼했다가 사랑 때문에 눈물을 흘리는 사람들도 헤아릴 수 없이 많다. 실제로 중매결혼보다 연애결혼의 이혼율이 거의 2배나 높다는 보고도 있다.

내가 그동안 수많은 부부들을 상담하면서 내린 결론은 간단하다. 좋은 배우자는 한마디로 어린 시절, 특히 태어나서 만 6~7세까지 주위 사람들에게 충분한 사랑과 인정을 받고 자란 사람이다.

성인이 되어서는 '적개심'과 '의존심'이라는 두 감정을 극복하는 것이 가장 중요하다. 적개심을 다른 말로 바꾸면 '미워하는 마음'이다. 의존심은 '지나치게 사랑받으려는 마음'과도 통한다. 사람은 누구나 사랑받고 싶어한다. 그런데 사랑받아야 할 어린 시절에 사랑이 결핍되거나 상실되면 마음속에 '사랑에 대한 갈증'이 커지게 된다. 사랑의 욕구가 크면 클수록 그 마음은 충족되기 어렵다. 원하는 사랑이 좌절되면 결국 남을 미워하는 마음이 싹트게 되는 것이다. 적개심은 사람을 얼마든지 다른 모습으로 바꿔놓을 수 있다. 마음에 미움이 차곡차곡 쌓이다 어느 날 분노로 폭발하게 되면 걷잡을 수 없이 잔인해진다.

가장 대표적인 예로 역사 속에서 연산군을 찾아볼 수 있다. 아버지인 성종 임금이 연산군의 어머니인 윤씨를 궁에서 내쫓을 때 연산군은 만 3세였다. 어린 나이에 어머니를 잃은 것만으로 연산군은 큰 충격을 받았다. 더구나 계모인 정현왕후와 어머니를 미워하던 할머니 인수대비가 어린 연산군을 사랑해 주었을 리 만무하다. 어린 아이들은 사랑받지 못하고 차별대우를 받는다고 느끼면 마음속에 깊은 적의를 키운다. 그러면서 성격이 비뚤어지고 난폭한 사람으로 자랄 가능성이 커진다.

연산군은 열아홉 살에 왕위에 올라 약 4년 뒤에 어머니의 정확한 사인을 알게 된다. 이 사실은 어린 시절부터 사랑에 굶주리고 미움의 불씨를 감추어왔던 그의 가슴에 적개심이라는 기

름을 끼얹은 격이 되었다. 그는 어머니의 폐위에 관련된 모든 사람들을 죽이는 잔인한 살생극을 벌였다. 그 안에는 자신의 어머니를 내쫓았던 장본인이자 할머니인 인수대비도 포함되어 있었다.

그의 복수심은 사람을 죽이는 것뿐 아니라 여색을 밝히는 또 다른 양상으로도 발전했다. 그는 매일같이 궁에 기생들을 불러 흥청거렸으며 여염집 아낙네들도 가리지 않고 겁탈했다. 심지어는 큰어머니 격인 월성대군의 후실 박씨 부인을 겁탈해 자결에 이르게 했다.

결국 좋은 남편이나 훌륭한 왕이 되기에 연산군은 어린 시절에 받은 상처가 너무 깊었다. 이렇듯 분노의 감정은 고스란히 주변 사람들에 대한 적개심으로 발전한다. 진정으로 사랑받은 경험이 부족한 사람은 다른 사람을 사랑할 수 있는 능력이 결여된 일종의 성격 장애자가 된다.

나는 연산군를 생각할 때마다 이 세상을 좌우하는 힘은 결국 '사랑과 미움의 감정'이라는 생각이 든다. 사랑의 세계가 우세할 때는 평화가 온다. 반면 미움의 세계가 강해지면 불행의 그림자가 닥쳐온다. 누구나 이 두 가지 감정에서 자유로워질 수는 없으니 사랑과 미움은 끊임없이 되풀이되게 마련이다. 따라서 미움의 감정을 해소할 수 있고 사랑을 키울 수 있는 능력이 있는 사람이 배우자로서 이상적이다.

그대가 있음으로
내가 있다는 것을 명심하라

인간관계에서 어려운 일이 생길 때면 머릿속에 떠오르는 우화가 있다. 바로 '망부석과 비단 장수' 이야기다. 예전에는 그 이야기에 그렇게 깊은 뜻이 담겨 있는 줄 미처 몰랐다. 그러다 어느 선사가 그 우화를 인용하는 것을 듣고 나는 무릎을 치면서 감탄했다. 우화의 내용을 간단히 소개하면 다음과 같다.

옛날에 어떤 비단 장수가 비단을 짊어지고 산을 넘다가 피곤해 잠깐 잠이 들었다. 그런데 깨어보니 전 재산과 다름없는 비단이 몽땅 없어진 것이다. 너무 놀란 비단 장수는 그 길로 고을 원님에게 달려가 억울한 사정을 털어놓았다. 원님은 현장에

228

있던 망부석을 잡아다 누가 훔쳐갔는지 바른 대로 대라고 심문
했다. 하지만 돌로 만든 망부석이 말을 할 리가 없었다. 원님은
노발대발하면서 마을 사람들이 보는 앞에서 망부석을 엎어놓
고 곤장을 쳤다.

이를 본 마을 사람들은 모두 배를 잡고 웃었다. 화가 난 원님
은 웃는 사람들을 모두 잡아 가뒀다.

한꺼번에 많은 사람들이 옥에 갇히니 가족들의 원성이 대단
했다. 그러자 원님은 이방을 통해 비단 한 필씩 가져오면 석방
시켜 주겠다는 명을 내린다. 그러자 곧 앞다투어 비단 한 필씩
을 가져오니 곧 비단이 마당 가득 쌓였다.

원님은 비단 장수를 불러 그의 비단이 있는지 살펴보게 했
다. 비단 장수는 산더미 같은 비단 더미에서 자신의 비단을 어
렵지 않게 골라냈다. 원님은 그 비단을 갖다 바친 사람들에게
어디서 샀는지를 물어 곧 범인을 잡아냈다.

남녀관계를 말하다 왜 저 우화를 이야기하는지 의아할 수도
있다. 내가 말하고 싶은 것은, 우리 눈앞에는 저 이야기처럼 문
제를 해결할 수 있는 많은 망부석들이 곳곳에 있다는 것이다.
그런데도 원님과 같은 지혜가 없어서 알지 못하고 그냥 지나치
는 일이 너무 많다.

연인이나 부부 싸움의 경우만 해도 그렇다. 남편은 남편대로
자신의 입장만 이야기하고, 부인은 또 부인대로 자기주장만을

관철하려고 하니 줄곧 평행선을 달리는 것이다. 그러다 불화가 심해져 이혼이라도 하면 결국 상처받는 것은 양쪽 모두다. 그런데도 조금도 양보하지 않고 서로 팽팽하게 맞서는 것을 보면 문득 조용히 다가가 다음과 같은 글을 읽어주고 싶다.

이것이 있음으로 저것이 있고, 이것이 생김으로 저것이 생긴다.
이것이 없음으로 저것이 없고, 이것이 죽음으로 저것이 죽는다.
이는 두 막대기가 서로 버티고 섰다가
이쪽이 넘어지면 저쪽이 넘어지는 것과 같다.

일체만물은 서로서로 의지하며 살고 있어서
하나도 서로 관련되지 않은 것이 없다는 이 깊은 진리는
부처님께서 크게 외치는 연기(緣起)의 법칙이니
만물은 원래부터 한 뿌리이기 때문입니다.
그리하여 이쪽을 해치면 저쪽은 따라서 손해를 보고,
저쪽을 도우면 이쪽도 따라서 이익을 받습니다.
남을 해치면 내가 죽고
남을 도우면 내가 사는 것은 당연한 일입니다.
이러한 우주의 근본진리를 알면
남을 해치려고 해도 해칠 수가 없습니다.
참으로 내가 살고 싶거든 남을 도웁시다.
내가 사는 길은 오직 남을 돕는 것밖에 없습니다.

성철 스님의 「불탄 법어」다. 여기에는 세상 살아가는 데 필요한 지혜가 함축되어 있다. 이 안에 담긴 지혜를 잘 꺼내 응용한다면 인생의 큰 위기를 피해 갈 수 있다.

주부 대상의 강연이 있던 어느 날이었다. 강연이 끝나자 한 주부가 찾아와 자신의 고민을 이야기했다. 대학원에 다니는 결혼 적령기의 딸이 있는데, 아무리 선을 보라고 해도 말을 안 듣고 시집가지 않겠다고 버틴다는 것이다. 따로 사귀는 남자가 있는 눈치도 아니었다.

나는 그녀에게 남편과의 사이를 물었다. 아니나 다를까 최악이라는 대답이 돌아왔다. 그녀는 세상에서 남편이 가장 밉다고 했다. 그런데 이유를 들어보니 오히려 그녀의 잘못이 더 커 보였다. 난 이렇게 충고했다.

"두 분 결혼생활이 그렇게 불행한데 따님이 결혼하고 싶은 생각이 들겠습니까? 어느 누가 불행해질 줄 알면서 그 길을 가고 싶겠어요? 따님을 진정으로 결혼시키고 싶으시다면 먼저 남편과 화목하게 지내도록 노력하세요."

그러자 그녀는 한 대 얻어맞은 기분이 드는 모양이었다.

"선생님, 아무리 남편을 미워하지 않으려고 해도 안 돼요. 어떻게 하면 남편을 다시 사랑할 수 있을까요?"

이쯤 되면 정신과 치료를 받아서 미워하는 감정의 실체를 깨달아야 했지만 그러기에는 시간이 너무 오래 걸릴 것 같았고, 무엇보다 그녀가 병원에 찾아올 것 같지 않았다. 그래서 난 앞

서 적은 글귀를 주고 날마다 읽으라고 했다. 단 그냥 그대로 읽
는 것이 아니라 '이것' 대신에 '그대', '저것' 대신에 '나'라는 말
로 바꿔 읽게 했다.

그대가 있음으로 내가 있고, 그대가 생김으로 내가 생긴다.

그대가 없음으로 내가 없고, 그대가 죽음으로 내가 죽는다.

이는 두 막대기가 서로 버티고 섰다가

그대가 넘어지면 내가 넘어지는 것과 같다.

일체만물은 서로서로 의지하며 살고 있어서

하나도 서로 관련되지 않은 것이 없다는 이 깊은 진리는

부처님께서 크게 외치는 연기(緣起)의 법칙이니

만물은 원래부터 한 뿌리이기 때문입니다.

그리하여 그대를 해치면 나는 따라서 손해를 보고,

그대를 도우면 나도 따라서 이익을 받습니다.

그대를 해치면 내가 죽고

그대를 도우면 내가 사는 것은 당연한 일입니다.

이러한 우주의 근본진리를 알면

그대를 해치려고 해도 해칠 수가 없습니다.

참으로 내가 살고 싶거든 남을 도웁시다.

내가 사는 길은 오직 그대를 돕는 것밖에 없습니다.

몇 달이 지나 그 주부에게 밝은 목소리로 전화가 왔다. 그 방법이 무척 효과가 있었다고 했다.

이는 비단 그녀의 경우에만 해당하는 이야기가 아니다. 만약 자기가 도저히 용서할 수 없을 만큼 미운 사람이 있다면 '이것' 대신에 '미워하는 사람'을 넣어서 날마다 읽어보라. 놀랄 만한 효과를 느끼게 될 것이다.

좋은 상대를 만나서 행복하게 살기 위해서는 자기 마음속에 있는 미워하는 감정을 녹여야 한다. 이 미움은 남을 상하게 하는 것이 아니라 바로 자기 자신을 파괴하기 때문이다.

사랑은 반드시 다시 찾아옵니다

나는 대학 1학년 때 혹독한 첫사랑을 겪었다. 지금은 그저 쓸쓸한 추억이 되었지만 당시에는 너무나 힘들었다. 그리고 그 후유증은 내 인생의 행로를 크게 바꿔놓았다.

난 어느 연주회에서 처음 그녀를 봤다. 뛰어난 실력 덕분에 신입생인데도 무대에 설 기회가 주어진 것이다. 분홍색 드레스를 입은 아름다운 모습과 그녀가 연주하는 악기에서 흘러나오는 선율에 나는 온 마음을 다 빼앗겼다.

다음날, 나는 음대생과 사귀고 있던 친구에게 부탁해 그녀에 대해 알아봤다. 그러고는 음대 시간표를 구해 그녀가 수업을 마칠 시간에 맞춰 늘 길목을 지켰다.

하늘도 이런 내 노력에 감동했는지 좋은 기회가 생겼다. 의대 안에 실내악단이 있었는데, 마침 그녀가 협주자로 선정된 것이다. 나는 주머니를 털어 장미꽃 한 다발을 사 연주를 마치고 나온 그녀에게 건넸다. 그날을 계기로 우리는 사귀는 사이가 되었다.

첫사랑은 무엇과도 견줄 수 없을 만큼 뜨겁고 소중했다. 그해 겨울, 난 전공 서적은 펼쳐보지도 않았다. 그녀도 교수님 레슨마저 중단해 버렸다.

그렇게 서로에게 몰두하는 중에도 나는 두려웠다. 과연 부잣집 딸인 그녀를 내가 행복하게 해줄 수 있을지 확신이 들지 않았던 것이다. 그래서 나는 중대한 결심을 했다.

'그녀에게 나의 모든 것을 솔직하게 보여주자. 그리고 앞으로의 선택을 그녀에게 맡기자.'

지금 생각하면 쓴웃음이 절로 나오지만, 당시 나름대로 심각했던 난 가족들이 모두 누나의 대학 졸업식에 간 날을 골라 그녀를 집으로 초대했다. 신축 양옥에 살던 그녀와 달리 우리 집은 낡고 허름한 목조 건물이었다.

그날 난 정성껏 그녀를 대접했다. 하지만 이상하게 자신이 없었다. 아마도 스스로 느끼는 열등감 때문이었을 것이다.

그녀가 돌아갈 때쯤 나의 열등감은 극에 달아 있었던 모양이다. 그래서 "만약에 나를 떠나야겠다는 생각이 들면 언제라도 보내주겠어"라는 말까지 던졌다. 하지만 그녀는 나를 진심으로 사랑한다고 속삭였다. 나는 그 말을 철석같이 믿었다. 나중에 누나에게 그 이야기를 했더니 "너 미쳤니? 어느 여자가 이런 집에 와보고 좋아하겠니? 너 큰 실수 한 거야"라고 했다. 난 이런 누나 말을 한 귀로 듣고 잊어버렸다.

그런데 어느 날부터 갑자기 그녀가 변했다. 전화해도 집에서 바꿔주지 않아 통화조차 할 수 없었다. 나는 한 번만이라도 만나 태도가 변한 이유를 듣고 싶었다. 하지만 내게는 그럴 기회조차 주어지지 않았다.

결정적으로 그녀에게 새로운 애인이 생겼다는 것을 알게 되었다. 상대는 나도 잘 아는 사람이었다. 부모 덕에 내게 없는 것을 다 갖고 있는 사람이었다.

마음에 구멍이 나버린 난 아무것도 할 수 없었다. 수업도 안 듣고 잘 마시지도 못하는 소주병을 부여잡고 한 학기를 보냈다. 결과는 뻔했다. 그해 여름 나는 F학점을 무려 여덟 개나 달면서 학년에서 가장 많이 F학점을 단 학생이 되었다. 드디어 낙제를 하게 된 것이었다.

내 인생에서 그때만큼 철저하게 좌절해 본 적은 없었다. 도저히 학업을 계속할 수 없었다. 남들은 열심히 강의를 듣고 있을 시간에 나는 도서관에 앉아 도를 닦는답시고 엉뚱한 짓만 하고 있었다.

그러다 결국 대학을 그만두어야겠다는 결론에 도달했다. 낙제로 후배들과 같이 공부해야 한다는 서글픈 현실을 도저히 받아들일 수 없었던 것이다.

내가 지금의 아내를 만난 것은 바로 그즈음이었다. 이런 나를 보다못해 한 친구가 애써 마음씨 고운 여자를 골라 소개해 주었던 것이다.

그런데 아내는 이전부터 나를 알고 있었다고 했다. 멀쩡하던 의대생이 실연당한 뒤로 살짝 맛이 가서는 휴학한 채 날마다 도서관에 앉아 먼 산만 보거나 책을 거꾸로 읽는다는 소문이 인근 여대생 기숙사까지 났던 모양이다. 급기야 두 눈으로 확인하고 싶어 몇몇은 도서관까지 오기도 했는데 아내도 그 무리에 섞여 있었다고 했다.

아내는 당시 내 모습이 하도 측은한 나머지 기숙사에 돌아가 나를 위해 기도했다고 했다.

아내의 기도가 통했던 것일까. 난 그녀를 만나고 나서 다시 용기를 낼 수 있었다. 자퇴하려던 마음을 접고 다시 학교에 다니기 시작했다. 그제야 나는 사랑이 사람을 상하게도 하지만 구원할 수도 있다는 사실을 깨달았다.

사실 아내의 입장에서 보면 나는 결혼 상대로서 결격 사유가 많은 사람이었다. 낙제를 두 번이나 했기 때문에 아내가 대학을 졸업할 때 난 겨우 본과 1학년이었다. 졸업까지 3년이라는 긴 시간이 남아 있었다. 게다가 어려운 집안의 외아들이었다. 그런데도 아내는 아무런 조건 없이 내 곁을 지켜주었다. 멀리 떨어져 직장생활을 하면서도 말이다.

문득 이 글을 쓰다 궁금해서 까닭을 묻자 아내는 이렇게 답했다.

"나는 머리가 좋지 못해서 무엇을 따지거나 계산하지 못해요. 그냥 기다린 것이지 무슨 이유가 따로 있겠어요?"

아내를 만나고 난 뒤로 난 나 자신을 돌아보기 시작했다. 과연 내가 실패한 이유는 무엇인지, 그리고 앞으로 어떻게 살아가야 하는지 진지하게 고민한 것이다. 그리고 실연이라는 쓰라린 경험을 통해 인간의 고통에 눈을 떴고, 그 고통을 해결하는 방법의 하나로 정신의학이라는 커다란 세계를 만날 수 있었다. 그러니 어찌 보면 첫사랑의 슬픔이 오늘의 나를 있게 한 가장 큰 원동력일지도 모른다.

요즘도 사랑의 상처로 괴로워하는 사람들을 만나면 나는 방황하던 나의 옛 모습을 보는 것 같아 안타깝다. 그래서 더욱 마음에서 우러나는 충고를 한다. 지금은 사랑의 상처가 그대를 괴롭힐지 모르지만, 그 괴로움이 언젠가는 당신의 인생을 더 값지게 바꿔놓을 것이라고. 사랑의 상처가 아물면, 한층 더 성숙한 사랑이 반드시 당신을 다시 찾아올 것이라고.

사랑의 중심에서 나를 찾다

초판 1쇄 2007년 12월 10일
초판 6쇄 2014년 10월 30일

지은이 | 박진생
펴낸이 | 송영석

주간 | 김수영
책임편집 | 이현정
기획편집 | 이진숙 · 김윤정 · 차재호 · 이혜진 · 문미경 · 김영은
외서기획 | 박수진
디자인 | 박윤정 · 박새로미 · 김지언 · 남미현
마케팅 | 이종우 · 김정혜 · 이인택 · 한명회 · 황지현 · 김유종
관리 | 정미희 · 송우석 · 황규성 · 김지희

펴낸곳 | (株) 해냄출판사
등록번호 | 제10-229호
등록일자 | 1988년 5월 11일

서울시 마포구 잔다리로 30(서교동 368-4) 해냄빌딩 5 · 6층
대표전화 | 326-1600 **팩스** | 326-1624
홈페이지 | www.hainaim.com

ISBN 978-89-7337-892-0

파본은 본사나 구입하신 서점에서 교환하여 드립니다.